SHANGHAI LITERATURE & ART PUBLISHING GROUP

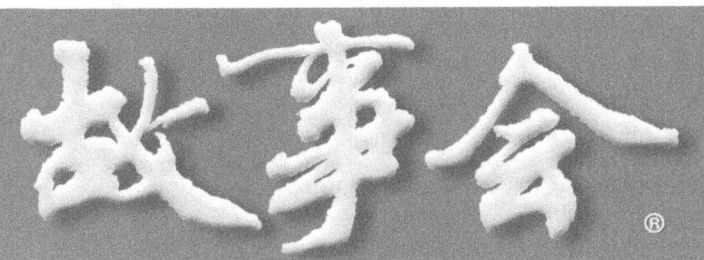

故事会
精品系列

男子汉故事

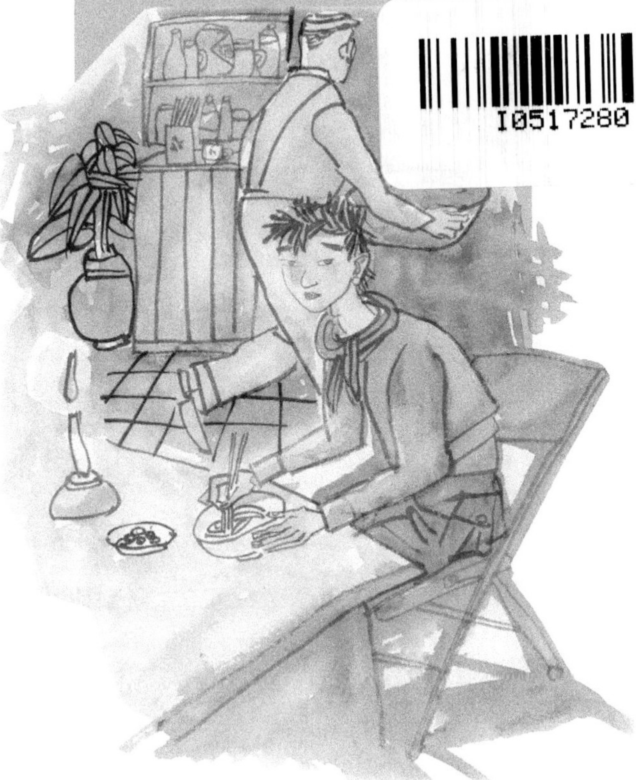

I0517280

上 海 锦 绣 文 章 出 版 社
上海故事会文化传媒有限公司

上海文艺出版（集团）有限公司

图书在版编目（CIP）数据

男子汉故事 《故事会》编辑部编 - 上海：上海锦绣文章出版社
（故事会精品系列） ISBN 978-7-5452-0184-0
Ⅰ．①男…Ⅱ．①故…Ⅲ．故事-作品集-世界 Ⅳ.I14
中国版本图书馆 CIP 数据核字 (2008) 第 181326 号

丛 书 名：故事会精品系列

书　　名：男子汉故事

主　　编：何承伟

编　　委：何承伟　吴　伦　姚自豪　夏一鸣

责任编辑：刘迎曦　鲍　放

装帧设计：王　伟

责任督印：张　凯

出　　　　版：　上海锦绣文章出版社

　　　　　　　　上海故事会文化传媒有限公司

POD 海外发行：　中国图书进出口上海公司

　　　　　　　　电话：021-36357888

　　　　　　　　传真：021-36357896

　　　　　　　　地址：上海市虹口区广中路 88 号

　　　　　　　　邮编：200083

目　　录

未了官司

怒砸校门

空中拼搏

大地旋风

一个人如果认为自己在一生中能干一番不同寻常的大事，就比没有远大理想的可怜虫有着更多的成功机会。

一乡之长

新 官 上 任

北岭乡，是全县出名的穷乡，好几届来北岭乡的乡长都是拍着胸膛上任，拍拍屁股调出，本届乡长任期未满就一再要求请调。一国不能无君，一乡不能无长。于是，上级派来一位代乡长。这位代乡长实际上就是乡长，只是等人大代表画圈圈罢了。

代乡长深知，要想代表们划圈圈不那么容易，得用政绩换取。人民代表大会会就在下月召开，必须要在代理期间有所作为。

代乡长认为北岭乡穷主要是干部思想保守，而思想保守又是因为见识太少，于是决定组织大家去看看外面的世界。

可是，大家都走，留谁管家？代乡长为此犯难了。他找过不少人，不是说不能胜任，就是说身体不好，都婉言谢绝。他觉得自己初来乍到，不好得罪人。代乡长降低标准突然想到土地管理员小王。小王是去年才从农村招聘上来的,农未转非,职未转正,考验阶段的干部是最听话的,何况是乡领导亲自找。

代乡长找到小王说:"小王同志,这次三套班子的领导都出去,想叫你管管家。"小王问:"管家是做什么的?""代理我的工作,一乡之长。"

代乡长说完这句话自觉不妥,担子太重,惟恐小王不肯挑,于是补充说:"其实,这也没有什么,该处理的你就处理,能解决的你就解决,按政策原则办事,你就大胆地干吧。"

代乡长还在考虑如何给这个试用干部做些暗示性动员,以便让他接任,好向上级交代。岂料,初生牛犊不怕虎,小王答应得就像咬黄瓜一样爽脆:"行,请领导放心。"

代乡长心中一块石头落地。他找书记汇报。书记也说,给青年人压压担子是最好的锻炼,反正时间也不长,相信不会出什么乱子,就同意了代乡长的意见。于是第二天,乡里领导浩浩荡荡外出考察取经去了,小王代理了代乡长的工作,大家都叫他"代代乡长"。

小王,圆圆的脸儿,粗眉大眼,身体壮实,今年 24 岁,还没结婚。平时是一人吃饱全家不饿,因为乡政府灶房三天打鱼、两天晒网,他就常常到乡政府前公路边的粥亭去吃玉米粥。常来常往,小王对卖玉米粥的阿翠姑娘有点那个意思。

因为有了点意思,他就有事无事到粥亭里坐坐,有话无话找阿翠聊聊。阿翠小小王两岁,人很朴实。阿翠的母亲是个寡妇,只有阿翠这么个女儿,她恨不得阿翠早日成家,这男女间的事她是过来人,小王的举动她能看不出吗?她暗中鼓励阿翠主动进攻,说小王人不错,能嫁个干部,以后孤儿寡母也有依靠。可阿翠没点头也没摇头,只是脸红,谁知她心里想什么。小王照样吃粥,照样付钱;阿翠照样微笑,照样热情服务。

小王第一天上任,刚在办公室椅子上坐下,只听一声"代代乡长",通讯员小苏故意把音量提高八度,边喊边闯了进来。

小苏和小王两个人平时同住一间房,同煮一锅灶,你的是我的,我的是你的,吃喝玩乐形影不离。小王故意板起脸,一本正经说:"小心,讽刺打击领导,我不处分你才怪!"小苏伸伸舌头:"好厉害的代代乡长。我提醒你,有权不用,过期作废。""对,这才是正经话。"小王连连点头,"有什么你就说,我们俩用不着弯山弯水。"

小苏忙"啪"一个立正:"报告代代乡长,外面有人来催账,请你去处理。"小苏非常清楚,对这事不用说小王为难,就是代乡长在家也难处理,财务那里连差旅费也没钱报销。

小王问:"什么账?"

"植树节那天,乡政府在红华饭店开了一桌饭。"

"多少钱?"

"烟酒饭菜、卡拉 OK,总共五百元。"

"哪些人参加?"

"具体不清楚,一共是十个,秘书签的字。"

"立即付款。"小王话音不高,却很果断。

"钱呢?"小苏摊开双手,"会计说,这个月连水电费都交不起,从哪里开支?"小王不假思索,语气铿锵地说:"今天不正发工资吗?叫会计查清,谁吃饭谁出钱,每人扣五十。"

小苏神色紧张地拉拉他说:"这……听说,代乡长他们都参加的。"小王把小苏推出门,说:"啰唆什么!去。"

小苏于是照样传达,财务照样办理。

红华饭店顺利收到这笔呆账,消息很快传开。接着,几家饭店、卡拉 OK 厅不失时机地接踵而来,都是催账。小苏再找小王,小王瞪小苏一眼说:"这类事不用再请示,办法照旧。"

小苏又照样传达,财务又照样处理。

抹完了一屁股账,小苏告诉小王:"秘书的工资连各种补贴只剩下四十八元了。"小王说:"四十八元够吃了,我们乡农民每年人均收入才五百元,每月有多少?"小苏不再说什么,转身出门去了。

小王忙了一阵,肚子"闹革命"了,这才想起自己还没吃早饭,于是就到阿翠那里吃玉米粥去了。

惹 火 烧 身

小王来到粥亭,阿翠脸上显出两个浅浅的迷人酒窝,笑眯眯地说:"小王,今天还吃玉米粥?""怎么,不欢迎?"小王不待阿翠回答,拖过一张竹凳坐到饭桌边。"不是不欢迎,我是说,你当乡长了,还不上红华饭店?"

阿翠妈闻声凑过来:"小王,你当乡长了?""别听阿翠乱讲,只是临时代理几天。""哟,难怪今早街上人议论纷纷,说乡里有个代代乡长办事好干脆,我还打算去找他呢,原来是你。"

"妈,让小王吃了再说吧。"阿翠怕妈唠叨不停,端过粥盆,摆上几碟酸菜,说,"小王,今天免费招待,算是祝贺你。""哟,当官有点好处啵,连卖玉米粥的姑娘都行贿啦。"小王开玩笑,又想把话题拉长逗逗阿翠。"谁说的,你是常客嘛。"阿翠腼腆一笑。"好,我这常客今后就长期来,你答应?"小王这完全是顺口溜出的笑话,可成熟的姑娘总是特别敏感,阿翠顿时脸红得像个苹果。

阿翠妈一听,乐得满脸绽开了花:"好啊好啊,我们是蚂蚁上墙——巴不得。可我们家……"不知为什么,阿翠妈的脸上突然晴转多云了。

小王说:"大婶,你不是说想夫找我吗?有什么事你就说吧。""咳!"阿翠妈满脸愁容,长叹一声,"你看前面那个红华饭店……""呵!"代代乡长突然悟过来,"大婶,这事明天给你解决。"

阿翠在一旁听了心里想:这代代乡长是吃了灯草,说得轻巧。她没把心里想的说出来,只是瞅了他一下。

小王急急吞下两碗玉米粥,就匆匆出门去了。小王是土地管理员,阿翠妈提的这件事他怎么不清楚?

去年,公路国道线改建,决定修通北岭镇头,那片荒岭原来是野猪豺狼场所,一下子变成黄金宝地,群众一哄而起,都到路两旁占地建房,谁都懂得"要想富靠大路"的道理。那时小王刚被招聘到乡里,跟着土地助理喊破了喉咙,才把那占路建房的风头压下去。

阿翠家那两间泥房就在路边,周围种下荆棘刺竹围成篱笆墙。母女俩挖掉靠路一边的竹蔸,也想占个门面。经政府动员,阿翠家也和其他群众一样,房基地统统退出距路15米外。然后母女俩请来亲戚朋友帮工,筑了一间泥巴房,做起卖玉米粥的小生意。

可是,不知从什么时候起,一些房基地又逐步向公路靠拢。公路指挥部多次找乡政府,乡政府三令五申都制止不下,因此公路两旁的排水工程至今无法施工。

阿翠家的粥亭地处丁字路口,是难得的黄金地带。而现在前面被红华饭店堵住,生意哪能兴隆?

阿翠妈找红华饭店的老板论理,老板说:"我不占你地,你家的路原来也不往这边走。违章建筑有上级处理,这事与你无关。"

阿翠妈找上级反映,跑断两条腿还是无济于事,红华饭店的污水照样往她这边流,煤渣、垃圾照样往她这边倒。

红华饭店原来是几根木柱,油毛毡盖顶,但不到一个月就砌上灰砂砖墙,盖上了红瓦。阿翠母女俩就躲在那房背后卖粥,你说窝囊不窝囊,受气不受气?为这,阿翠妈的眼泪流了又干,干了又流。

小王从粥亭出来,拐个弯,进了红华饭店。饭店刘老板迎上来笑道:"王乡长,可把你盼来啦,请坐请坐。"

这个刘老板,消息真灵通,小王今早才上任,他前天就知道了。他到乡政府催账其实并不抱结账希望,目的是认识认识这位代代乡长,试探一下红华饭店的基地问题。不料小王把账结得那么干脆,他也不好再去了。此刻,刘老板边端凳子边向内喊:"上茶、上烟、上菜!""不啦,我已经吃过了。"小王连坐也不坐,就问,"刘老板,上个月乡政府送来的通知你看过了没有?""看过了,看过了,乡政府的通告我能不认真看吗? 只是……"

"看过就好。"小王打断刘老板的话,"按通告办理,你这饭店今天要拆除。好啦,我还有事,明天见。"刘老板还想说什么,小王走了。刘老板望着小王的背影狠狠地吐了一口唾沫:"小人得志!"

小王离开红华饭店,又去了路两旁的其他粉摊、饭店、水果店、烟酒店。小王对每一家都很熟悉,上个月乡政府的通告是他和小苏挨家挨户送去的,而且到每家都说得口水干了才出门。不过今天小王干脆多了,到每一家都像到刘老板家一样,通知完了就走,屁股没有沾过板凳,也没有喝过一口茶水。

做完这一切,小王借了一部单车,一溜烟就往县城跑。再从县城回到家,已是深夜十一点多钟了。他狼吞虎咽地把厨房里的饭菜吃光后,也不惊醒小苏,倒下头,一觉睡到大天亮。

醒来后,小王一骨碌爬起来,冲着对面床上的小苏喊:"快起来,还做什么美梦。"小苏睡眼惺忪地望着小王那乱七八糟的床,问:"昨晚什么时候回来的? 是不是到粥店幽会去了?"

小王过去伸手把小苏的被子一掀:"你少废话,快起来,通知全体干部到会议室开会。""什么时候?""现在。""现在?"小苏指了指桌上的闹钟:"我的代代乡长,现在才六点钟。"

但小苏说归说、做归做,他脸也顾不得洗,就挨家挨户去拍门通知了。

一会儿,在家的干部一下子都齐刷刷地来到了会场,大家都想看看这新官上任今天要烧哪一把火。

小王见大家到齐了,就开门见山说:"乡政府关于禁止在公路两旁乱搭乱盖的通告,昨天到期,现在大家分头到各家各户检查落实情况,立即回来汇报。"

很多干部都把这通告忘掉了,经代代乡长一提,才想起确实有那么回事。也难怪,过去这类通告不知发过多少次,哪次都是发完就完了,很少有人再过问。所以此刻大家议论纷纷,很多同志说,这事难度大,还是等领导班子考察回来再说吧。但小王坚决摇头,说:"不能等,领导回来还有更多的事要做。"大家不好再说什么,而且想想也只是去了解情况,回来汇报就算交差了事。

不到半个小时,小王派出去的这些干部陆续回来了。情况不妙,没有一家拆迁。小王问:"为什么?"干部们你看看我、我望望你。

小王转向小苏:"你说。"小苏吞吞吐吐说:"我……我问了几家,都说……说……红华饭店……"小王火了:"你今天是怎么啦,讲话就像水中打屁?"小苏不乐意了:好你个代代乡长,就只能拿我出气?那好,我就照实说,看你怎样。小苏壮着胆子站起来,说:"很多人都说,你们干部专拣软的欺,红华饭店谁敢碰?红华饭店老板硬气得很,理也不理。"

小苏一开口,大家也就七嘴八舌说开了,纷纷反映,很多店家老板都说,"只要红华饭店拆,我们马上拆"。

"果然不出所料。"小王自言自语,他沉思片刻,突然站起,手一挥:"走! 就从红华饭店开刀!"

"小王,你、你敢?"小苏惊恐地望着小王,大家也瞪大眼睛盯着这位才当了一天代代乡长的年轻人。小王斩钉截铁说:"废话！执行乡政府的决定都不敢，我还当什么乡长？有权不用，过期作废，快走！"

小王大步流星走在前，大家小心翼翼跟后，谁都知道拆除红华饭店简直就像炸掉一座钢筋桥。

红华饭店的刘老板，是正宗的本地人，真名刘壮，别名刘闯，这是朋友们借洪湖赤卫队刘队长的威对他的尊称，每次酒席上，只要朋友们唱那句"刘队长有胆量"的歌，他都连干三杯，脸不变色心不跳。刘老板今年还未满三十，老板娘就换了三个，一个比一个"骚"气蓬勃。据他酒后吐真言，下半场还要换人呢。刘老板生得牛高马大，虽无文才，但有武功，自称老大，手下还有十多员干将。刘老板外交手段不得了，经常和一些"大盖帽"拍肩，彼此称兄道弟。前年他持刀逞强，险些断送一个果园职工的性命，可被捕进牢不到半个月就出来了，还专门有车接，一路鞭炮齐鸣，比老百姓的婚礼还热闹。常言道，强龙斗不过地头蛇，乡干部谁也不敢惹他。再说，刘老板还有一个姐夫在乡里任常务副书记，虽是个"副"字，他也没给过这个小舅子什么特殊恩惠，但就这关系，也着实对刘老板产生强势效应。

小王等一行一袋烟工夫就到了红华饭店。这时，在红华饭店门口坐着的，是刘老板的第三任老板娘，她涂脂抹粉，打扮得花枝招展，一对三角势利眼转来转去，像是专门在等候什么人。

老板娘见了小王一帮人，满脸堆笑："哟，今天是王乡长请客吧，大家请进屋喝茶抽烟。"她一边说，一边扭着黄蜂腰走来，动手就要拉小王。

"刘老板呢？"小王淡淡地问。他对那股胭脂味有过敏症，把脸掉过一边，顺便把这红华饭店从上到下、里里外外扫了一眼。"你问我们刘闯呀，"老板娘故意把重音落在"刘闯"两字上，"他骑摩托出去了。说是要请几个朋友来家喝酒，还有公安呢。大家先坐，等会一起聚聚嘛。你们都是我姐夫手下的干部，到我们家也就等于到我姐夫家,大家别客气。"

小王不想听她啰唆,就问:"老板娘,昨天不是对你们说要搬这饭店吗?刚才乡政府的小苏又来通知,你们怎么还不动手?"

"王乡长,我们家大业大,怎么能说搬就搬?现在忙着呢,没有人手,等我姐夫回来再说吧。"老板娘左一个"姐夫",右一个"姐夫",根本不把这个代代乡长放在眼里。

"没有人手好办,乡干部都来了,大家一起帮你动动手,老板娘慷慨供应些茶水就行了。"小王说着转身就下达命令:"大家动手,先搬家具,后拆砖瓦!"

"谁敢动手!"小王话音未落,刘老板像一尊凶神跳出来,把大家吓出一身冷汗。刘老板左手叉腰,右手食指直点到小王的额门:"姓王的,你算老几?敬酒不吃吃罚酒,到时候你就怪不得我了!"

小王纹丝不动,语气平和地说:"这话该我对你说才是。我们这是执行公务,请你知趣点。""实话告诉你吧,"刘老板一屁股坐下,把凳子压得吱吱响,"这饭店是我姐夫同意办的,怎么处理他说了算!"

小王早就料到刘老板会端出他姐夫这张王牌。刘老板这位在乡党委任副书记的姐夫姓陈,小王严肃地对刘老板说:"我也实话告诉你吧,乡里关于严禁乱搭乱盖的通告,就是你姐夫陈副书记亲自签发的,这分量哪轻哪重你自己掂掂。何况陈副书记同意你办红华饭店,并不等于同意你违章建房。不要以为苍蝇落到老虎屁股上就安全了,只要它是苍蝇,就是躲到老虎嘴里,我们也要把它拍掉。刘老板,还是明智一点吧。"

刘老板嘶哑地狂吼道:"老子从来不知道什么叫明智,只知道谁触犯我的利益,我就白刀子进、红刀子出!"

"简直是无法无天!"小王忍无可忍,转身喝道,"大家赶快动手,强行拆除,有问题我负责!"可是一看,乡干部大部分已无影无踪，围观的群众倒是围了个里三层、外三层。

阿翠母女俩躲在人群里为小王担惊受怕，后悔昨天不该对他提这事。阿翠几次想上前拉出小王，母亲都把她拽住，她怕事情连累到自家，孤儿寡母得罪不起这样的恶人。

此时，刘老板就像斗赢了的公鸡，昂首高叫："来呀，不怕死的就动手。哼，我让你们来一个倒一个，来两个倒一双！"

这恶棍如此嚣张，把通讯员小苏激怒了："拆！"他一跃跳到一张桌上，"咔嚓"一声先把墙上的电源切断，转身跳下，正要去推冰柜，刘老板一个"饿虎扑羊"向小苏扑过去，小苏一侧身，刘老板扑了个空，小苏拔腿就往外跑。刘老板有两手真功夫，转身一个"扫堂腿"，把小苏扫个倒栽葱，随后"嗖"的一声从腰间拔出一把明晃晃的尖刀，对准小苏的背部就要狠狠往下戳。

说时迟、那时快，就在此时，小王一个箭步冲过去，"海底捞月"一个"通天炮"，不偏不倚正好打中刘老板右手臂的麻筋，刘老板手中的尖刀"咣啷"一声落地，小王顺势把刘老板扭了个反剪，一甩，刘老板被甩到两米远的墙上，"嘭"地一声当即撞断了两颗门牙，顿时瘫倒在地爬不起来了。小王这一连串的动作一气呵成，他自己也没想到参加民兵训练学到的这一手，竟在这里派上了用场。

老板娘见男人吃了亏，哭喊起来："打死人啦！救命，救命呀！"尽管她喊得昏天黑地，围观的群众早已跑得精光，没办法，她只好喊几个饭店打杂的，用一架破牛车把刘老板送往医院。

这时，公路上"嘟嘟嘟嘟"开来一辆大铲车，这是小王昨天在县城约好的。小王指挥大家把饭店里的家具搬出，然后"轰隆轰隆"不到半个小时红华饭店就被铲成平地。

小苏兴奋地拉过小王："代代乡长，你看！"小王一望，路两旁一派热火朝天的景象，那些乱搭乱盖的建筑物，都纷纷在被拆除。

当天下午,公路施工队伍就顺利进场施工了。

削 职 为 民

接到家里的紧急电话,乡考察组提前返程。小王只有五天代代乡长的权力,如今到期作废了。

代乡长根据方方面面的反映,当天晚上就把小王找到办公室。代乡长说:"小王,你代理五天的乡长,主管全面工作,你把情况汇报汇报。"小王答道:"全面工作还来不及,我只做了两件事,一是还清各饭店的欠款,二是拆除公路两旁的违章建筑物。"

代乡长激动地说:"这么大的两件事情,为什么不等我们领导班子回来讨论?""还要讨论?"小王眼一瞪,"光讨论不执行有屁用!"

"你怎么能这样和领导讲话?"代乡长火了。为了把气氛缓和些,他把小王按到凳子上坐下,说道:"你呀你呀,你太年轻、太幼稚了,在家五天就给我添了两大乱子,你真是辜负了领导的期望呵!"小王低下了头。

代乡长语重心长地说:"小王啊,不要感情用事,为了一个寡妇的女儿断送自己的前途,值得吗?"小王坐不住了:"乡长,你说什么?""坐下,坐下。打人是犯法的,你知道吗?如今事情闹得这么大,惊动了公安部门,你叫我怎么收场?""一人做事一人当。乡长,你休息吧。"小王说完转身就出门,代乡长还想再说什么,小王头也不回,朝宿舍走去。

小苏迎出门:"小王,情况怎么样?""没问题。"小王若无其事地说,"你替我到阿翠家去一趟。"小王是孤儿,无爹无妈,他央求小苏为他做媒,他愿到阿翠家当上门女婿。

小苏这大媒十分好做,一撮即合。而且,小王和阿翠的婚事速度神奇,第二天上午登记,下午小王就做了新郎。

果然不出小王所料,他被解聘了。聘用干部就像半夜尿桶,什么时候都可以提开。领导班子讨论报上级备案就行。

不过,小王在乡政府的管理员饭碗算是被砸了,代乡长说他殴打群众致伤一案还在进一步调查取证。刘老板的医药费是阿翠妈背着小王送去医院的,老人只盼小王能财去人安。

福兮祸兮

光阴荏苒,转眼过了一个月。阿翠一家三口,亲亲热热,小王发挥自己的烹调手艺,掌起锅铲,玉米粥亭增加了代客加工饭菜的业务,小本生意搞得红红火火。曾经是代代乡长的小王,如今是这一带小有名气的炒菜师傅。

这一天,小王正在灶头上忙着,砧板剁得咚咚响,阿翠妈走进来了。小王到她家一个月,她好像年轻了不少,能招这样好的女婿,她认为是祖宗行善积德的结果。她一边帮小王把围裙带系紧,一边说:"小王,昨晚妈又做了一个恶梦,你得多加小心呵!"小王一边切菜一边说:"妈,你别想那么多,不会有事的。""刘老板快出院了,他能放过你?还有公安局那边……"这是阿翠妈一个月来经常提心吊胆的事。

"妈,刘老板那帮人是欺软怕硬,吓唬胆小鬼,他们不敢对我怎么样。公安局会依法办事的。听说刘老板只是撞掉两颗牙,他在医院呆了一个多月,是装病耍赖,何况,我是为了救小苏,属正当防卫。"小王口头上是这样劝慰母亲,其实,他心里又何尝不担心,就怕某些人不依法办事,把自己弄进去整一通。

娘儿俩正在说话,小苏风风火火跑进来喊道:"小王,快走,乡政府要你马上去!"小王丈二和尚摸不着头脑,连围裙也没有解下,就被小苏扯了去。

阿翠妈见小王被拉去了乡政府，好似炸雷轰顶，险些昏过去，哭道："天哪！你叫我们孤儿寡母怎么过日子！"阿翠闻声手中的粥瓢落了地，她三下两下收拾了小王几件衣物，赶紧搀着她妈急匆匆追了上去。

消息一传开，惊动了街坊邻舍，人们议论纷纷，有为小王打抱不平的，也有幸灾乐祸的，公路两旁好像卷起一阵龙卷风，顿时沸沸扬扬。

小苏扯着小王，来到了乡政府大礼堂。当小王出现在礼堂门口时，会场里爆发出一阵雷鸣般的掌声。小苏把小王推上主席台，台下的掌声简直把屋顶的瓦片都快震飞了。

到底是怎么回事？

原来，今天乡里人大代表开会，进行换届选举。小王不是人大代表，选票上的候选人也没有他的名字，可大家就是选他当乡长，真叫主持会议的陈副书记措手不及。下面一项议程是新任乡长就职讲话，因此陈副书记派小苏火速去把小王请来。

再说阿翠母女俩追到礼堂门口，看见小王已被推上台，以为是开审判会公审小王。阿翠不顾一切地冲进去把小苏拉出来，将手中小王的衣物塞到他手里，泪汪汪地说："小苏，请你把它转交小王。"阿翠妈跟着递过一盒饭菜，抹着眼泪对小苏说："小王今天还没吃过饭呢，你是他的好朋友，请你帮忙说个情，给他送去吧，就是坐牢也不能让他饿着肚子！"

"哈……"小苏捧腹大笑起来，笑得前翻后仰，边笑边说，"我的嫂夫人，恭喜你，小王当乡长啦。大婶，赶快回家杀鸡去！"

阿翠母女俩谁也不敢相信自己的耳朵。

这时，台上主持会议的陈副书记宣布道："下面，请新任乡长作就职讲话！"在热烈的掌声中，只见小王腰间仍扎着那块斑斑驳驳的大围裙，两手油腻腻，脚下穿着一双人字拖，畏畏缩缩走到了讲台前："各位代表，感谢大家对我的信任。大家既然选我当,我也不推辞。我愿意和大家一起,建设我们这个穷家乡。"

又是一阵掌声。这掌声是真诚的,决不是那种虚伪的拍手;这掌声是热烈的,饱含着一股巨大的力量。

"我没有什么话多讲了。今天晚上我请客,请大家光临寒舍。不过,先向各位代表说明一点。"小王说到这里,声音带有几分酸楚,"我本人的所谓故意伤害案,还在调查处理,昨天公安局已经传讯,我得马上去一趟。如果我回不来,就由我爱人阿翠给各位敬酒;如果各位要给我敬酒,就请通讯员小苏代我领情吧。"

新乡长的就职讲话完了,台下静悄悄的,没有一声掌声。新乡长向代表们深深地鞠了一个躬,然后走下主席台。当他走到会场门口时,又向代表们挥手告别,一转身,冲出门外,向公安局走去……

会场上一阵骚动。代表们交头接耳,嘀嘀咕咕。

这些主人翁们到底在议论些什么呢?

(蓝 雅)

不幸的遭遇可以增长人的见解，改善人的心地，锻炼人的体质，使其能够担当起生活的责任。

无冤卫士

路 见 不 平

　　这天傍晚，从县城开来的最后一趟班车"嘎"一声在青山乡汽车站停了下来。乘客们背着大袋小包你挤我拥，争先恐后地从车上下来，一时间人声嘈杂，十分热闹。

　　这时，马路对面一爿"天乐酒家"的大门被推开了，随着一阵乐曲声，从里面出来一个醉汉，只见他四十上下，黑黑胖胖，喝得满脸通红，打着酒嗝，摇摇晃晃，像只大螃蟹，横冲直撞往人群中冲过来。人们一见这醉汉，赶紧往旁边四散躲避。

　　醉汉摇晃着冲到一位来不及让道的老汉面前，嘴里嚷着："走……让开！"边嚷边猛地一推，老汉被推得一个踉跄差点跌倒。有个背着大包裹的大嫂，避让不及，被醉汉猛踢一脚，痛得蹲在地上直叫喊。

　　周围的人见此情景，一个个只是摇头叹气，瞪大眼睛望着醉汉，却没有人敢上前阻拦。

　　醉汉喷着酒气嚷道："你们看什么……不认识我吗？咳……我、我没醉……有、有什么好看的……全都给我走……走开！"话音刚落，身子一歪，跌跌撞撞地向前冲了几步，冲到一个七八岁的小女孩身旁。

　　小女孩吓得"哇"一声哭了起来。醉汉见小女孩哭，更来了气，竟举起巴掌往小女孩头上打去……

　　就在这时，只听一声："住手！"从那辆刚进站的长途车上跳下一位穿军装的小伙子，一个箭步冲上前，抬手"噔"一下挡住了醉汉的手臂。

　　醉汉瞪着两眼，狠狠地盯着小伙子问："你、你是什么人……敢打我……"嘴里叫着，张开巴掌，朝小伙子脸上扇去。小伙子灵活地闪身让过。醉汉扑了空，顿时发疯似的拳脚交加，朝小伙子扑来。于是两人扭成了一团，跌倒在地上，就像车轱辘一样，三转两滚"扑通"一声，翻到了路边的水沟里。

　　小伙子发火了，猛地一个"鹞子翻身"骑到了醉汉的身上，一手反扭住他的胳膊，一手扼住他的脖子，骂道："你这酒鬼，看你还耍不耍酒疯，看你再敢不敢打人！"小伙子一边大声地教训，一边将醉汉往水沟里按。

　　醉汉喝了几口污水，酒醒了一半，喘着粗气，连声说："我、我不要酒疯……不打人……"

　　四周围观的人们顿时发出一阵哄笑，开心得纷纷拍手叫好。小伙子见醉汉求饶，就松了手。

　　醉汉慢慢地从水沟里爬了起来，抹一把脸上的泥水，活像一只斗败的落汤鸡。他两眼死死盯着小伙子，问道："你叫什么名字？你别走！"

　　小伙子回过身，看着醉汉，冷冷地回答说："我叫方祥刚，家就住在翠竹村。你还想怎么样？我警告你,你要是再敢耍酒疯打人,让我碰上了,照样教训你!"说罢,转身从长途车上拿下行李,迈开大步,头也不回地走了。

方祥刚是四年前入伍参军的,到部队当了一名边防战士,在千里冰封、杳无人烟的雪山哨卡站了四年岗,今天刚从部队退伍回来。祥刚母亲早年去世,姐姐远嫁他乡,家里只有一位年迈体弱的老父亲,要不是急着赶回去看望多年没见面的父亲,祥刚非把这醉汉揪到乡政府去不可,叫乡干部严肃地处理处理。

翠竹村离乡里有四五里路,等祥刚回到家天就黑了,他一边敲着门,一边兴奋地喊:"爹,我回来啦!"

方老伯闻声赶紧把门打开,见日思夜想的儿子站在眼前,激动得一时说不出话来。几年不见,儿子长高了,身子结实了,人也精神多了。老人激动得老眼挂着泪花,张开双手将儿子紧紧地搂在怀里。

这么一搂,方老伯觉得奇怪:天又没下雨,儿子身上的衣服怎么湿漉漉的? 他忙问祥刚这是怎么回事,祥刚便把刚才的事情经过,一五一十告诉了父亲。

方老伯一听,不由皱起了眉头:"那个醉鬼是不是四十岁左右,个头不高,胖胖黑黑的,讲话喉咙很粗?"

"对,一点不错。爹,怎么,你认识他?"

"啊呀,孩子,你闯祸啦! 他就是咱乡里的王乡长啊!"

"什么?"祥刚顿时愣住了,"他是乡长? 乡长怎么还这个样子?"

方老伯万万想不到,儿子一回来就闯了大祸,竟然把乡长给打了。这是太岁头上动土,那还得了啊! 他急得直在屋里打转转,嘴里一连声地埋怨儿子:"唉,祥刚呀祥刚,乡长喝醉酒关你什么事,你要去管那种闲事干吗呀! 乡长吃了亏,能饶过你? 唉,这可怎么办呀!"

　　祥刚见父亲急成这样,不服气地反问道:"爹,凡事总得讲个理嘛,难道乡长就可以喝醉酒随便打人吗?难道我能看着这样的不平事不管吗?我这样做难道错了吗?"

　　"这……"方老伯被儿子一连串的"难道"问得一时答不上话来。

　　这天夜里,父子俩睡在一张床上。祥刚躺下之后,不一会儿就鼾声如雷,进入了梦乡可方老伯却翻来覆去睡不着,整整一夜都没合眼。他焦急、担心,总觉得要出什么事……

是 非 颠 倒

　　果然不出所料,第二天一早,乡里便派人来通知祥刚,叫他马上到乡里去一趟,说是治保主任找他有事。祥刚一听心里便有数了,肯定是为了昨晚的事,心想:这事是该到乡里去讲讲清楚,免得闹出什么误会,也好让父亲放心。

　　可是,方老伯的心却悬了起来,拉住儿子再三叮嘱:"祥刚,你到了乡里有话好好讲,该认错就认个错,该赔不是就赔个不是,可千万别使性子乱来呀!"

　　祥刚笑笑回答说:"爹,你尽管放心吧。我现在可不是过去那个不懂事的毛孩子,到部队当了这么多年兵,也懂得了不少做人的道理,是非好坏我分得清,说话办事会有分寸的。你别担心,我很快就会回来的。"

　　谁知祥刚走进乡政府,就被带进一个房间,房间里靠窗放了一张长桌子,当中放了一只方凳。治保主任见祥刚进来,就在长桌边的椅子上坐下,板着脸,朝祥刚努努嘴,示意他在方凳上坐下。

　　一见这种像审讯犯人的阵势,祥刚就感到不是个滋味。他挺直身子站着,两眼盯着治保主任,一副威武不屈的样子。

　　见他这副神态,治保主任脸上露出一丝冷笑,他拉开桌子的抽屉,从里面拿出纸和笔,往桌上一扔,说:"昨天傍晚干了些啥,你心里清楚。你给我好好写个检讨,贴出去,公开向乡长赔礼道歉!"

　　祥刚耐着性子说:"主任,你听我说,昨天……"

　　"你别给我啰唆了,就凭你殴打乡长这一条,按治安管理处罚条例,起码要关你十天半个月。现在给你个认错改过的机会,你别敬酒不吃吃罚酒!"

　　祥刚一听心里气呀!他想:明明是乡长酗酒打人,现在却猪八戒倒打一耙,反说我殴打乡长,真是岂有此理!但他仍强压怒火,说:"主任,我不想跟你争,你把王乡长请来,我与他当面对证,到底谁是谁非。"

　　祥刚话音未落,治保主任已经从椅子上跳起来:"你真是和尚打伞无法无天了!乡长被你打伤了,你还敢不认错?还要嘴硬?还想狡辩?看来,不给你一点教训,你是不知天有多高、地有多厚了!来人!先把他关起来再说。"他"啪"一拍桌子,立刻就从门外进来几个人,把祥刚连拉带拽关进了治安联防队那间门窗都装有铁栅栏的房子里。

　　祥刚万万想不到,自己路见不平,无意中得罪了酗酒打人的一乡之长,竟然会像个罪犯似的被关押起来。他越想越气愤,一边用力敲门,一边大声地叫喊:"放我出去!我要见乡长!"可是,任凭他怎么喊叫,也没有人来理睬他,他就像一头被囚禁在笼子里的雄狮,又怒又气又急。他倒并不是为自己担心,他自信:有理走遍天下。自己什么都不用怕。他担心的是家里年迈体弱的父亲,老人家知道自己被关,一定会急坏的。眼下自己被关在这里,叫天天不应,喊地地不灵,就连捎个口信的人都没有,怎么办呢?

　　祥刚正在着急的时候,突然听到窗外有人在喊:"叔叔,叔叔!"

祥刚回头一看,只见窗口上出现一张小女孩的脸。祥刚仔细一看,认出来了,就是昨晚差点被乡长打的小女孩。祥刚走到窗前,奇怪地问:"小妹妹,你来干什么?"

"我来看你,我是偷偷溜进来的。"小女孩一边说,一边从口袋里掏出一样东西,"叔叔,这是昨晚你和酒鬼乡长打起来的时候,从你衣服上掉下来的,被我捡到了。叔叔,还给你。"小女孩把一颗金光闪闪有五角星的铜军扣,双手捧给了祥刚。

"谢谢你,小妹妹。"祥刚望着小女孩天真可爱的模样,不由想起昨晚她受惊吓的那副样子,他关切地问,"你就不怕被他们看见?"

"我不怕!"

"为什么?"

小女孩眨眨两只明亮的大眼睛,说:"因为你是解放军叔叔,解放军叔叔是专门打坏人的。有你在,我什么都不怕!"

听了这话,祥刚的心头发热,两眼发潮。他把手伸出窗外,抚摸着小女孩的头说:"小妹妹,你要是喜欢这扣子,叔叔就送给你了。"

"真的?"小女孩高兴极了,接过铜军扣,笑得脸蛋上露出了两个小酒窝。忽然,她抬起头问:"叔叔,他们为什么要把你关起来?"

面对小女孩的问话,祥刚不知该怎么回答才好,他笑了笑,说:"小妹妹,你放心,叔叔没事的……哎,你知道去翠竹村的路吗?"

小女孩点点头,回答说:"知道。"

"你替叔叔到翠竹村去一趟好吗?"祥刚把自己家的地址告诉小女孩,叫她赶快去给爹报信。

小女孩懂事地点点头,转身像小鸟一样飞快地走了。

　　方老伯得知儿子被关押的消息,急得连忙赶到乡里,找到治保主任,一个劲地赔礼求情。可说尽了好话也无济于事,最后,交了五百元罚款,总算把祥刚保了出来。

　　父子俩出了乡政府大院,祥刚望了一眼挂在大门口的乡政府牌子,眉头紧锁,一声没吭。

　　见儿子这副模样,方老伯的心又提了起来。知子莫若父,对儿子的脾气性格他了如指掌,他担心儿子憋不住这口气,一旦爆发起来,再闯出什么祸来。于是,他紧紧拉住儿子的手,边走边劝:"祥刚啊,爹知道你受了委屈,心里不好受……可是,人家是一乡之长,你就是再有理,又能把他怎么样? 有道是'胳膊拧不过大腿',这口气你就忍了吧。"

　　"不!"祥刚像火山一样爆发开了,"我就不信这个邪! 难道他王乡长就能一手遮天,共产党领导的天下就没有说理的地方吗? 我要去告他!"

　　"啊!"方老伯一听,吓得腿都软了,"你可千万别再干蠢事呀……爹老了,爹就你这么个儿子,爹盼你回来只想跟你一起过安宁的日子,你别再让爹操心了,爹求你了!"说着,方老伯已是老泪纵横。

　　见白发苍苍的父亲这副模样,祥刚禁不住一阵心酸。他不忍心让父亲为他担惊受怕,可满腔的怒火憋得他透不过气来,"哇——"他仰天一声长啸!

　　喊声未绝,"轰隆隆……"一声惊雷在头顶炸响,紧接着就"噼里啪啦"下起了大雨。祥刚忙弯腰背起父亲,在倾盆大雨中飞快地往家里跑去。

　　回到家里,祥刚只觉两条腿关节阵阵酸痛,他知道自己的关节炎又发作了。他怕父亲知道了担心,便忍着早早上床睡觉,但白天的遭遇扰得他翻来覆去怎么也睡不着,等到父亲睡着之后,他悄悄爬起来,给县里有关部门写了一封人民来信。

针 锋 相 对

第二天,祥刚瞒着父亲到乡邮局去寄信,经过乡卫生院,便进去想配点治关节炎的药。他正在窗口排队挂号,突然有人在他肩上拍了一下,祥刚回头一看,不由得眼睛一亮,高兴地叫了起来:"哟! 杨华,是你呀!"

杨华和祥刚既是高中时的同班同学,后来又一起报名参军到部队,一个北上保边防,一个南下守海疆,如今突然久别重逢,两人高兴得紧紧抱在一起。交谈中,祥刚得知杨华退伍后就在本乡当民政助理。

杨华关心地问:"祥刚,你哪儿不舒服?"

祥刚笑笑说:"没什么,北方冷,在部队巡逻站岗时间长,两条腿得了关节炎,天气一变就发作。怎么? 你也来看病?"

"不。"杨华指了指手里拎着的一大包礼品,小声说,"我刚从县里开会回来,特地来看望一位病人……哎,祥刚,你跟我一起进去,我可以把你的情况向这位领导介绍介绍。像你这样有关节炎毛病,是不能下田干活的,请领导照顾照顾,把你安排到乡办企业去工作。走吧。"杨华边说边拉着祥刚上楼,走进了一间布置得十分雅致的病房。

可祥刚走进门,一见躺在病床上的病人,顿时愣住了。他万万想不到,这位生病住院的领导不是别人,正是王乡长。一股怒气陡然升起,祥刚两眼冒火,目光似剑,狠狠地盯着王乡长。

正靠在病床上津津有味地看武打小说的王乡长,听到脚步声抬起头,正好与祥刚打了个照面。两人的目光一碰,顿时如同阴阳两极电流相接,"刷"地迸撞出一道火花,王乡长仿佛被巨大的电流击中似的,不由得打个哆嗦,手里的书"哗啦"掉了下来。尽管治保主任已经向他汇报了惩处方祥刚的事。可现在这小子突然闯进病房,想要干什么? 王乡长紧张起来。

杨华根本就不知道他们之间所发生的事,也没注意两人脸上的表情变化,他笑嘻嘻地把礼品往床头柜上一放,说:"王乡长,您身体好点了吗? 我们是特地来看您的。哦,这位是刚从部队退伍回来的方祥刚……"

听杨华这么一说,王乡长才松了口气,他嘴里不说心里在想:哼,真是"韭菜不割不长,木鱼不敲不响"! 昨天还犟牛一样不肯认错,今天却送礼上门求情来了,看来这小子的脑袋瓜总算开窍了。想到这里,他得意得笑出了声,摆摆手说:"好了好了,杨华,你不用再介绍了,我们俩早就打过交道了。快请坐吧。"

"真的? 那太好了! 祥刚,你坐。"杨华热情地搬过来一张椅子。

"我……"祥刚本来是想趁此机会跟王乡长当面锣对锣、鼓对鼓,把事情讲清楚,评个公道,讨个说法。可是见王乡长满脸堆笑,这么客气,心想:他那天毕竟是喝醉酒,失去了理智,才做出不该做的事。再说,他住在医院里,也许昨天关押自己的事情他不知道。这么一想,到了嘴边的话又咽了回去,一时不知该怎么说好,站在那里坐也不是、站也不是,显得十分尴尬。

见祥刚一副尴尬相,王乡长又"哈哈"一笑,大度地说:"坐吧坐吧,别客气。俗话说得好,'不打不相识'嘛。我是想和你好好谈谈,交换交换意见。你有什么想法尽管说吧,讲得不对也没关系……年轻人嘛,一时冲动,做错了事也是难免的嘛,只要认识到自己的错误,改了就好嘛。杨华,你说是不是?"

杨华被问得丈二和尚摸不着头脑,不知道他们之间到底发生过什么,又不便问,于是便呆在那里不知说什么好。

而祥刚呢,听了王乡长的这番话,就像吞了只苍蝇,感到恶心。他实在是忍不住了,便开口道:"王乡长,我不是来向你赔礼认错的。你那天喝醉酒,也许不知道自己到底干了点啥,其实,你当时胡言乱语,冲向人群拳打脚踢,我上前劝阻,并没有做错……"

"嗯……"王乡长的脸色变了,喉咙粗了,厉声打断了祥刚的话,"你没做错?难道是我的错?嘿嘿,照你这么说,我还得向你赔礼道歉?"

杨华在一边虽还不清楚具体是怎么回事,但其中的关系他是听出来了,于是急忙朝祥刚递眼色。

祥刚当作没看见,依然直言说道:"是的,是你错了。你身为一乡之长,难道就可以酗酒打人骂人,依仗权势为所欲为吗?你应该承认自己的错误,公开向群众赔礼道歉。"

"你给我住口!"王乡长气得脸色铁青,"你算老几?竟敢在我面前老三老四,你还想再关几天是不是?你给我滚出去!"说着他手一甩,把床头柜上那包礼品摔到了地上。

祥刚也火了,针锋相对地说:"他们关我,我本来还以为你不知道,现在我明白了,这一切都是你指使的。哼,你可以叫人关我、处罚我,但是我不会退缩的!路见不平有人铲,你乡长做错了事我就要管,管定了!"

杨华以为祥刚没领会他的意思,急忙把他拉到门外,苦口婆心好言相劝:"老同学啊,俗话说,好汉不吃眼前亏。你这样跟乡长吵,又有什么好处呢?人家是一乡之长,权在他手里,你安排工作的事,全凭他一句话……你还是听我一句,去向乡长赔个礼、认个错吧。"

"你说什么?"祥刚简直不敢相信自己的耳朵,瞪大眼睛望着杨华,"你也当过兵,怎么会说出这样的话来?"

"唉!"杨华叹了口气,"祥刚,部队是部队,地方是地方。虽说到这里当助理才没几天,可我比你回来得早,见的比你多,看得比你透。王乡长脾气暴,喝了酒要发酒疯,是个爱听好话的人,连书记也让他三分呢。祥刚,你再和他来硬的要吃大亏的!"

"杨华,你别再说了,我知道你是好意。你不用为我担心。我宁可种一辈子田,也不会向这样的人低头!"说完,他扭头就走……

不 屈 不 挠

望着祥刚远去的背影,杨华的心里非常难受。为了帮祥刚找份工作,他四处托人,上下活动,硬着头皮为祥刚向王乡长求情,好不容易求得王乡长同意,安排祥刚到乡办水泥厂工作。

不料当杨华到乡工办去领招工表格时,乡工办主任说王乡长刚刚来过电话,交代不给祥刚办手续。杨华感到纳闷,冲回乡长办公室,还没等他开口,王乡长从抽屉里拿出一封信,扔到他面前,气咻咻地说:"你看看这封信是谁写的?"

杨华拿起一看,不由暗暗叫苦,原来这是祥刚寄到县里告王乡长的信。王乡长气冲冲地说:"小杨,你说方祥刚像话吗? 他把我打伤住院,又到医院里来无理取闹,我看在你的面上,不跟他计较,还同意给他安排工作……可他呢? 根本不把我这个乡长放在眼里,竟敢写信到县里去诬告我,存心跟我过不去,这小子也太狂了! 哼,他狂我也狂。我倒要看看他能把我怎么样!"

事情弄到这地步,杨华感到已无能为力了,加上明天自己又要出差,他沉思良久,决定去翠竹村找方老伯。

杨华把情况告诉了方老伯,要他好好劝劝祥刚,临走时还再三关照:"老伯,明天王乡长要到你们村来检查工作,这可是个好机会,你们弄点好酒好菜,把王乡长请来喝一顿。这事情能不能办成,就看你们劝酒的水平了!"

方老伯早就听人说过,王乡长这个人只要酒喝高兴了,什么事情都会答应的。他连连点头说:"好的好的,我心里有数了。"

方老伯送走杨华后左等右盼一直等到天黑祥刚才回来,一副闷闷不乐的样子,进了房间往床上一躺,问他不响,叫他也不理,方老伯愁得不知说什么才好。

祥刚为啥闷闷不乐?原来他去县里了解那封人民来信的处理意见,不料到有关部门一打听,说是信转回到乡里去了,要他直接找乡里解决。祥刚一听,如同泼了一盆冷水,浑身从头凉到了脚。

此时此刻,奔波了一天的祥刚躺在床上辗转难眠,他翻了一个身,正好面对床头柜上摆着的镜框,镜框里面镶着一张他离开部队前拍的照片,身穿军装,手里紧紧握着枪,精神抖擞地站在边防站的大门口,身后挂着一块写着鲜红字体的边防站牌子,远处是一望无际白雪皑皑的冰山雪峰……看着这张照片,祥刚思绪万千,不由得回想起在部队时那紧张而愉快的生活,想起部队的首长和战友……想着想着,他禁不住鼻子一酸,两行热泪流了下来。他翻身下床,拿出纸和笔,给部队的首长和战友们写了一封长信,把自己的遭遇、受的委屈、心里的苦恼、碰到的问题,都一五一十告诉他们。最后,祥刚在信中写道:

亲爱的首长和战友们,我真想重新回到部队,和你们一起为祖国站岗放哨、巡逻值班,哪怕再苦再累,就是站一辈子岗,我也心甘情愿!

祥刚第二天早上起来时,方老伯已出去买菜了。等到祥刚到乡里寄信回来,进门一看,见堂屋桌上摆满了酒菜,他还以为家里来了客人,可是屋里连一个人影也没有。他觉得很奇怪:今天一不逢年二不过节,为啥花这么多钱,烧这么多好菜,买这么贵的好酒?

正在这时候,门外传来了脚步声,只见父亲满脸堆笑,弯腰屈背在前面引路,后面几个村干部陪着一个人,大摇大摆进了家门。祥刚一看愣住了,他万万没想到,父亲请的这位贵客竟是王乡长! 他的脸一下子变了色。

原来,方老伯办好酒菜后,就向村干部说明情由,请他们陪王乡长来他家喝酒。王乡长听说有酒喝自然高兴,又听是喝向他赔礼认错的酒,更高兴了,于是,在村干部簇拥下,走进方家。方老伯原担心儿子不回来,现在看见儿子在家,这才松了口气。他一边请乡长和村干部们入席,一边吩咐说:"祥刚,你还愣着干啥? 快,快给王乡长和干部们斟酒。"

祥刚双眉紧锁,脸色苍白,像个站岗的战士站在那里一动不动。方老伯瞪了儿子一眼,连忙拿起酒瓶给王乡长和干部们倒酒,一边倒一边满脸堆笑地说:"王乡长,我儿子年纪轻,不懂事,还请你多多包涵,高抬贵手,原谅他的过错。"

望着父亲那副可怜巴巴的样子,再看看王乡长高坐首位,一副旁若无人的骄狂相,心里又气又难受。但他强忍着。

方老伯见儿子气呼呼的样子,生怕他讲出不中听的话来,忙提醒他说:"祥刚,你得罪了乡长,可王乡长他宰相肚里能撑船,一点都不计较,今天又肯赏脸到我们家来,这是看得起我们哪! 你还不快给王乡长赔礼认错?"

王乡长几杯酒下肚,酒兴来了,又听了这番顺耳的话,觉得格外舒服,打着酒嗝开了口:"方老伯,你这话说得一点都不错。在座的同志们都知道我这个人就是这个脾气,眼里容不得半粒沙子。谁要是跟我过不去,我决不给他好果子吃;谁要是顺从我,啥事情都好讲。"

祥刚知道王乡长的这番话是说给他听的,气得牙齿咬得咯咯响,恨不得将酒席给掀了,但他强忍着,站着不动。

方老伯见儿子半天不开口,连忙走到他面前,一边朝他递眼色,一边劝道:"祥刚,你哑巴啦? 快向乡长认个错吧!"

祥刚咬着嘴唇,两眼盯着父亲,依然一声不吭。方老伯又气又急,忍不住"啪"伸手打了儿子一巴掌,祥刚那苍白的脸上顿时出现了五个手指印。方老伯看看自己的手,望望儿子脸上五条红印,浑身打颤,泪水夺眶而下。

王乡长哈哈笑着说:"好了好了,你也别为难你儿子了。我这个人向来是好讲话的,并不在乎嘴上说的怎样好听……既然你们知道错了,今天又特地备了酒席向我赔礼道歉,我也没什么话好说的了。"王乡长说到这里,拿起酒瓶倒了满满两大碗白酒,对祥刚说:"咱俩是不打不成交,今后打交道的机会多着呢。来来来,现在把这碗酒干了,我们之间过去的事就……就一笔勾销了!"说完,他首先端起碗,来了个一口干。

祥刚还是一声不吭地站在那里,好像没听见王乡长的话,连看也不看他一眼。方老伯可急坏了。他觉得今天这碗酒无论如何也得喝,不然儿子安排工作的事就没指望了!为了儿子的前途,方老伯豁出去了,他伸出颤抖的手,捧起那碗酒说:"王乡长,我儿子他……他不会喝酒,这碗酒我……我替他喝!"

见父亲拼着老命要喝酒,祥刚吓坏了,他知道父亲有严重的胃病,这一大碗白酒喝下去,怎么行!为了父亲,他被逼得无路可退,猛地一步跨上前,夺过父亲手中那碗酒,眼睛一闭,脖子一仰,"咕噜咕噜"一口气喝干了。

"好!"王乡长酒气熏天地叫了一声,站起身,摇摇晃晃地朝门外走去,村干部们也尾随而出。方老伯追上去说:"王乡长,我儿子的工作就拜托你了……"

哪知他话音未落,猛听屋里"砰嘭"、"哗啦"一阵响,他吃了一惊,转身进去一看,见桌子已被掀翻,杯筷碗盘碎了一地,祥刚口吐白沫,直挺挺地倒在地上。方老伯吓得魂飞魄散,哭喊着:"祥刚!祥刚!"可祥刚一点反应也没有,方老伯连忙请几个村邻帮忙,把祥刚送进了乡卫生院。

经过抢救,祥刚从昏迷中苏醒过来了,可是目光滞呆,反应迟钝,讲话前言不搭后语,头脑神志模糊不清。方老伯见儿子变成了这个样子,简直快要急疯了。他跪在医生面前苦苦恳求:"大夫,我就这么一个儿子呀,求求你们,一定要救救他!"

医生扶起老人,说:"老伯,你儿子是受刺激太深,神经错乱,这种病没有特效药,只有让他长期服药、休养,也许会慢慢地好起来的。"

既然医生这么说,方老伯也无可奈何,只好配了药,含泪把儿子接了回去。回家之后,经过几天调养,祥刚的病情慢慢有了好转,自己能够下床走动了,方老伯的心才安了一些。为了调养儿子的身体,他每天拖着虚弱的身子上山采草药。

这天中午,方老伯上山采药回来,却不见儿子的人影,他四下寻找也没找到。有个村民告诉他说,看到祥刚手里拿了一根木棍,往乡里去了。方老伯一听,惊得差点昏倒。

还 我 公 道

方老伯料想儿子拿木棍准是去找王乡长拼命,急得他顾不得劳累,拔脚就往乡里赶,直赶得大汗淋漓,头昏眼花。当他赶到乡政府,远远望见门口围了一堆人。他叫一声:"完了!"便瘫倒在地上……

再说此时,方祥刚头戴军帽,身穿军装,手里紧握着一根木棍,以立正姿势挺立在乡政府门口的红字招牌下面,就像他在部队边防哨所站岗一样,昂首挺胸,纹丝不动。

过路行人见了都非常惊奇,于是一传十、十传百,人们都怀着好奇的心情纷纷来看。

这一来,把王乡长给急坏了。他的办公室在楼上,四扇大窗正对着大门,从早上到中午,眼看围观的人越来越多,他吓得不敢走出办公室一步。他怕祥刚手中的棍子。他想:如今方祥刚是个神经不正常的人,如果被他打了,岂不是白打?他更担心围观的群众说三道四,照这样下去,事情会越闹越大,万一闹出什么乱子如何收拾?而最令王乡长害怕的是,如果今天县里有领导下来,看到这样的情况,追究起来,那后果将不堪设想呀!

王乡长一咬牙,决定来个快刀斩乱麻。他打电话给治保主任,叫他马上带几个人来,把方祥刚撵走。

不一会儿,治保主任果然带了几个联防队员赶来了。一开始,他们七嘴八舌巧言相劝,这个叫祥刚回家去,那个劝祥刚站到其他地方去。谁知祥刚不但不听,反而一本正经地回答:"不行!我不好走开的。我是执行上级命令,到这里站岗放哨的……现在还没有到时间,我不能回去,要坚守岗位!"治保主任一听,哭笑不得,围观的人们看到他们那副束手无策的样子,"哄"地一下笑起来。

治保主任恼羞成怒,对手下的人大声说:"快,把他拖走!"说罢,就上去动手用力拉祥刚。祥刚放声大叫,奋力挣扎,衣服也被撕破了……

正在这时候,方老伯跟跟跄跄地赶到了,他一看这情景,连忙冲上来护住儿子,气愤地说:"你们别……别欺人太甚了!谁要是再敢碰我儿子一下,我……我跟他拼了老命!"

这时,围观的人也纷纷开口说话:"人家是个病人,你们还要这样对待他,他究竟犯了什么法?""是啊。他站在这里碍着你们什么事了,为啥要把他赶走?"甚至还有人大声喊道:"你们为什么害怕他站在这里?说明你们心里有鬼!"

治保主任一看势头不对,慌忙带着手下的人灰溜溜地走了。

王乡长见治保主任败下阵来,感到自己不出马不行了。他决定凭自己的威势,先把围观者轰走。于是走出来,板着脸,扯着喉咙,冲着人群大声吼道:"你们围在这儿想干什么?想起哄闹事吗?这是共产党的乡政府,哪个要是吃了豹子胆,再敢在这里捣乱,就把他关起来!"

　　人群一下子安静下来了,但谁也没离开。王乡长见群众被他镇住了,就板着脸走到方老伯身边,训斥道:"你赶快把儿子弄回去,把他看管好,今后不许他再跑到这里来惹是生非。要不然,一切后果由你们自己负责! 听见了没有?"

　　方老伯瞪了他一眼,不声不响地弯腰从地上捡起那根木棍,默默地走到儿子身边,给儿子理顺衣服,把棍子递给儿子。祥刚抓过棍子,又重新站到乡政府的牌子下面。

　　这时,从人群里挤进来一个小姑娘,来到祥刚身边,从袋里摸出一颗铜军扣,轻声说:"叔叔,我给你把扣子钉上!"说罢,摸出针和线,默默地一针一针钉起来。

　　见此情景,方老伯忍不住老泪直流,人群中一些老人和妇女也止不住啜泣起来。人们都瞪大眼睛盯着王乡长,这一道道利剑般的目光,刺得王乡长浑身寒颤。他似乎第一次感到民情不可侮! 他失去了驱赶喝斥群众的勇气! 这个平时飞扬跋扈的乡长,第一次陷入进退两难的尴尬境地。

　　这时,从人圈外传来了一阵汽车喇叭声,从县里开来的班车停在了乡政府门口,接着,从人群中挤进来一个人,王乡长一看是出差回来的杨华。一见杨华,王乡长像见到了救命菩萨,忙迎上一步说:"小杨,你快来帮我劝劝你的老同学。"杨华一见王乡长,忙把一封从县里带来的信交给他。他正想开口问问是怎么回事,猛抬头发现祥刚站在一旁,便过去和他打招呼,谁知走近一看祥刚这副模样,他惊呆了。

　　方老伯流着泪,一五一十向杨华说了事情的经过。杨华听了又气又心酸,他上前一把抱住祥刚,连连喊着:"祥刚,祥刚! 我是杨华,是你的老同学!"可祥刚目光呆滞,直视前方,根本不理他。杨华不由流泪了,他转身要找王乡长算账,王乡长却已不见了踪影。

　　原来,刚才王乡长接过杨华交给的信,赶紧借梯下台阶溜回了乡政府。回到办公室,拆开信一看,就是祥刚写给部队的那封信,被转到地方后,县领导作了批示,责成乡里立即查办,并上报处理结果。王乡长看完信,立即瘫坐在椅子上,用拳头直敲自己的脑袋。可是这有什么用呢? 晚啦!

　　杨华觉得这么多群众围在乡政府门口影响也不好,但要让围观者走,首先得把祥刚劝走。怎么劝呢? 他望望祥刚,见他目不斜视地挺立着,突然有了主意。只见他整了整自己的衣服,迈着军人的步子走到祥刚面前,一个立正,举手敬礼,说:"方祥刚同志,换岗时间已到,战士杨华前来接岗,你可以下岗了!"

　　杨华这一手果然见效,只见祥刚还了个礼,把木棍递给了杨华,转身就走,这一情景博得群众一片掌声。

　　在方老伯、杨华、小女孩以及左邻右舍的护送下,祥刚迈开大步,朝翠竹村走去……

　　　　　　　　　　　　　　　　　　　　　　(汪黎明)

　　爱情的力量是相当大的,天地万物与之相比都黯然失色。

血性男儿

哀哀哭亡母

八十年代夏日的一天,沪光机器厂青年电焊工陆成龙刚上班,车间办公室有人喊他接电话。陆成龙奔过去一听,原来是母亲病危。陆成龙顿时白了脸,冲出车间,跨上自行车,发疯似的猛蹬车子,恨不得一步飞回家,早些见到奄奄一息的母亲。

谁知快要到家时,忽然从马路边窜出一个人来,他想刹车已来不及了,只听"通"一声响,那人被撞倒了,陆成龙自己也从车上摔下来,正好压在那人身上。

陆成龙从小练过功,他跌得快也爬得快,爬起来就去搀扶那人。不料那人挥手"啪"狠狠扇了他一记耳光,骂道:"你眼睛瞎啦?撞了人还要捞便宜!"陆成龙吃了一记耳光,面孔涨得通红,刚要发作,再一看,见对方是个年轻的姑娘,他忍住了。

那姑娘望望陆成龙,突然"啊"一声惊叫,眼睛里的泪水沿着脸颊滚下来。陆成龙一看姑娘,只见她脸色苍白,上身一件T恤衫,下身一条石磨蓝牛仔超短裙,短裙下面的膝盖处被车撞得正渗出缕缕鲜血。

这时,围观的人七嘴八舌,都说要陆成龙陪姑娘去医院验伤。

陆成龙为难了:这么一来一去,说不定一个圈子兜下来,母亲早咽气了。一想到相依为命的老母亲将要永远离开自己,陆成龙不由悲从中来。他眼含泪水,从口袋里掏出工作证给姑娘,说:"这是我的工作证,事情怎么解决你以后到我厂里找我。现在我要急着回家,我母亲就要死了……"

这个姑娘真是明事理,见陆成龙那表情,连忙朝他点点头。

陆成龙一口气蹬车到家,奔进里屋,跪在母亲床边,大声叫着:"妈,我是阿龙! 我是阿龙呀!"

此时,他母亲已经奄奄一息,听到儿子的叫声,慢慢睁开眼睛,断断续续地说:"阿龙……妈、妈对不起你,连……连累你到今天媳妇还未找到……"说着,老泪汩汩而下。

陆成龙轻轻地替母亲擦着眼泪,泣不成声地说:"妈,别这么说,你把儿子拉扯大,是儿子没有尽养育之恩……"

母亲眼皮动了动,又睁开眼睛,伸出枯瘦的手颤抖着在床褥下摸啊摸,掏出一个绸布包着的东西,吃力地说:"龙儿……这是……你……妈的订婚……手镯……"

忽然,她呆滞的目光变得明亮起来:"龙儿……她……"母亲的手艰难地抬起来,指着房门口。

陆成龙回头一看,不禁大吃一惊,刚才在马路上被他撞倒的那个姑娘,正站在房门口暗暗落泪。突然,母亲的手无力地垂了下来,陆成龙高声叫道:"妈——妈!"

那姑娘依然无声地流着泪,过了好一会,劝道:"人死不能复生,还是料理后事吧。"她说着,走到陆成龙身边,"这是你的工作证,请保重身体!"说罢,转身出门走了。

陆成龙止住泪,朝姑娘的背影点了点头,然后拿起刚才母亲从床褥下摸出来的绸布包,一层层揭开,里面竟是一只光灿灿镶有绿宝石的金手镯。

怪哉奇女郎

陆成龙忍着悲痛料理完母亲的后事,就到厂里上班了。可他成天神思恍惚,干完活儿,总是瞧着天上飘忽而去的白云发呆。他的眼神中,不仅有丧母的悲痛,还有一种思恋的渴望。

的确,陆成龙是在思恋一个人。这个人就是那天被他撞倒、后来又在他家里出现的那个姑娘。姑娘那似怨似泣的眼神,那美丽而疲倦苍白的俊脸,那在他家房门口暗暗流泪的神情,都一一烙在他的心上。他多么想再见见她呀!

从此,陆成龙每天下班,一到大南门就下车,推着车子,慢慢步行回家,他希望再能碰上那姑娘。可一个月过去了,没见那姑娘的影子。

这天,是个闷热得让人喘不过气来的天气,陆成龙慢慢地步行回家。突然,天上乌云密布,几声炸雷响过,便是狂风大作,大雨倾盆。陆成龙拔脚飞奔,就在此时,他突然发现有个姑娘蜷缩在一个门洞里,定睛一看,竟就是他日夜想念的姑娘。

姑娘穿一件白色的衬衣,衬衣上有着几道血痕,身子在微微发抖。陆成龙急忙扶起她,关切地问:"你怎么啦?"姑娘瞧了瞧他,没有说话。

"你到底怎么啦?"陆成龙又追问了一句。姑娘眼泪汪汪,紧咬嘴唇,还是没有回答,但身子抖得更厉害了。陆成龙连忙脱下自己的衣衫,披在她身上,问:"你好像有病? 身上还有血痕,告诉我,是谁欺侮了你!"姑娘低下头,竟"呜呜"大哭起来。

陆成龙顿时没了主张。他看看天,雨仍在"哗哗"下着,总不能让姑娘这样又冷又伤心地在这儿呆下去呀! 他想了想,对姑娘说:"你如不介意,是不是……先到我家去?"

姑娘扬起泪眼望望陆成龙,轻轻点了点头。

陆成龙见姑娘摇摇晃晃走几步便迈不动了,便说:"来,我来背你!"他不知哪来的勇气,不等姑娘点头,背起她就走。

来到家中,陆成龙把姑娘放在一张靠椅上,就忙着烧姜茶。姑娘接过姜茶,喝着喝着,眼泪一滴一滴落在碗里。突然,她张口叫了一声:"阿龙!"

陆成龙一怔,惊诧地问:"你怎么知道我叫阿龙?"

姑娘也似乎一怔,但随即就镇静下来:"那天,我来你家还工作证,你母亲临终时不是叫你阿龙吗?"

"哦。"

姑娘喝完姜茶,精神好了起来,问道:"你知道我是什么人?"

"不知道。"

"我是……"姑娘欲言又止,一会才说,"我、我是一个坏女人!"

"不!"陆成龙瞧着姑娘痛苦的表情,不忍地说,"不,你是个好人。""真的,我是一个坏女人,你才是好人!"姑娘说着,又"呜呜呜"哭出声来。

陆成龙瞧着姑娘抽搐着的身子,看到她身上的血痕,不禁又问:"你快告诉我,谁欺侮了你,你身上的血痕……"

姑娘猛一抬头:"不! 我不能连累你,你别再问我了!"说着,站起身就朝门外走去。

陆成龙一把拉住姑娘:"好,我不再追问。可你……"

姑娘再也忍不住,猛地扑进陆成龙怀里:"阿龙,我没有哥哥,从今以后你就是我的亲哥哥! 你就喊我'娇娇'吧!"

这时,屋外的雨停了,太阳从云缝里钻了出来,姑娘接过陆成龙递来的毛巾,擦干泪痕,恋恋不舍地离开了陆家。

打这以后,陆成龙每隔几天就能奇迹般地见到娇娇。有时在路上,有时在车上,每回她仿佛都是从天而降似的,来去无踪,飘忽不定,行动很神秘。陆成龙不知道娇娇做什么,住在哪里,但在陆成龙的心目中,她是个好姑娘,一天不见,就会很失落。

有一天,他们又见面了,娇娇红着脸,问:"龙哥,你真的喜欢我吗?"

"我,我……"陆成龙脸也红了,又搓起手来,腼腆得像个大姑娘,过了好一会,才说道:"喜……喜欢!"他顿了顿又说,"可是我怕……"

"怕什么?"

"怕你像我过去的女友一样甩了我!"

娇娇脸上的笑容突然不见了,她凝望着半空中一对盘翔的鸟儿,问陆成龙:"你现在还想她吗?"

"想!有时想得心痛,我就要哭;有时想得发狂,就恨她!恨她!"陆成龙说着,也抬头望着半空中那对盘翔的鸟儿,"可是我再也见不到她了,她走了,去香港定居了……"

"真对不起,引起了你的痛苦,"娇娇咬着嘴唇,一粒晶莹的泪珠滴在脸颊上。突然,她对陆成龙说,"龙哥,我会爱你的,咱们订婚吧。"

"订婚?"陆成龙几乎不相信自己的耳朵,"什么时候?"

"明天晚上。"娇娇冲他微微一笑,说,"我们一不办酒,二不请媒人,不过你得送一件礼物给我。"

"好啊,可是送什么呢?"

"你母亲不是……"

"哦,对了,"陆成龙一拍脑袋,"我母亲临终给了我一个镶有绿宝石的金手镯。"

娇娇再没有说话,她突然在陆成龙腮帮上"咬"了一口。奇怪的是,他们分手时,她又重重地叹了口气。

真是个神秘得叫人捉摸不透的姑娘哪!

花坛失金镯

第二天,夕阳西下,华灯初上,当海关大楼自鸣钟"当当当"敲响七下时,陆成龙满面喜气来到外滩黄浦公园门口,他无暇观赏五光十色的夜景,也不去瞭望林阴道旁相依相偎的对对恋人,他一心等着他的娇娇,他要好好亲亲她。

他正陶醉在遐想之中,忽然闻到一股香气扑鼻而来,接着眼睛被一双柔软的手捂住了。"娇娇!"陆成龙回过身来,像欣赏艺术品一样从上到下打量着她。只见她白里透红的鹅蛋脸上,嵌着一对水汪汪的大眼睛,一头浓黑乌亮的长发犹如瀑布披散在肩上,一条粉红色乔其纱灯笼袖绣花长裙,一双白色小方口高跟鞋……

陆成龙一把搂住了娇娇:"娇娇,你真美!"

"阿龙,"娇娇轻轻推开陆成龙,"瞧你这个猴急相,你就不能到老地方……"

陆成龙一听,连说:"对对,到老地方去。"于是,他俩手挽着手,来到他俩常会面的老地方:公园内一个花坛旁。这地方人迹稀少,绿荫遮天,花坛斜对面是外白渡桥和高高矗立在黄浦江边的上海大厦。夜晚的华灯透过树隙洒在花坛上,浪漫朦胧,充满诗意,是个极理想的幽会地方。

两人坐下,娇娇轻声问:"阿龙,你那东西带来了吗?"

"带来了。"陆成龙把母亲给他的绸布包从怀里掏出来,"你看。"

娇娇双手接过,层层打开,顿时只觉得眼前光芒四射:绸布上躺着一只沉甸甸的镶着绿宝石的金手镯。

娇娇捧着金手镯放在手中翻来覆去,瞧了又瞧,说:"阿龙,这真是那只绿宝石金手镯?"

"当然是真的。"陆成龙说,"它本来有一对,全称叫'绿宝石鸳鸯金镯'。这里还有一个悲凄辛酸的故事,我以后慢慢讲给你听。"陆成龙拿过绸布上的金手镯,"娇娇,来,我给你戴上。"

娇娇不等陆成龙把手镯给她戴上,头一歪,扑过去娇嗔地喊了声:"阿龙!"两条玉臂勾住了陆成龙的脖颈。

陆成龙飘飘欲仙,发狂地在她脸上亲着,他完全忘记了周围的世界,以至手中的金手镯滚落到地上都不知道。

就在陆成龙和娇娇沉浸在甜蜜高潮时,忽然从花丛中伸出一只手,窃走了绿宝石金手镯。

这时,海关大钟"当当当"敲了十下,公园马上要关门了,陆成龙才仿佛从幻梦中醒来,他想把金手镯给娇娇戴上,谁知金手镯已不翼而飞。陆成龙急得一个劲地捶着自己的脑袋:"娇娇,这叫我怎么办,如何对得起你!"

娇娇听陆成龙突然说金手镯不见了,猛地推开他,站起身,一甩手向公园门口走去。

陆成龙发疯似的追上去:"娇娇,你听我说……"

"放开我!不要听!我不要听!"娇娇挣开陆成龙的手,"你没那只绿宝石金手镯,别再想见到我!"说完,快步走了。

陆成龙想喊想叫,可一句话也没说出来。他呆呆地望着娇娇越走越远的背影,那"笃笃"的皮鞋声,一声一声仿佛敲击着他的心。他怎么也不明白:娇娇为什么像六月的天,一会儿是云,一会儿是雨,说变就变。

难解团团谜

此刻海关大钟已"当当当"敲了十二下,外滩已人迹稀少,陆成龙拖着像灌了铅的双腿，沿着江边的护江墙慢慢地走着。江面上的风徐徐吹来，凉飕飕的，他不禁打了个寒噤，那烦躁的心，那昏沉沉的大脑，似乎清醒了许多，脑子里似银幕一样，一个一个镜头再现出来：在雨中他背着身上有血痕的娇娇回家；娇娇扑在他怀里悲痛哭泣；娇娇见到绿宝石金手镯时脸上的表情；娇娇脱口喊他阿龙，要和他兄妹相称；娇娇突然提出和他订婚，要他把金手镯作为礼物给她……这一个个疑团像一个个奇怪的精灵在搅扰他的心。他不知如何来解开这些疑团。

突然，一个声音又在他耳边响起："你没有那只绿宝石金手镯，别想再见到我！"陆成龙喃喃自语："金手镯！金手镯！"忽然他心中一亮：事情可能就出在这只金手镯上。他越想越觉得金手镯丢得蹊跷，会不会是娇娇和别人早有预谋？陆成龙心里像十二头小鹿在乱跳：难道她是个骗子？

陆成龙突然想起那天娇娇在他家哭着说"我是个坏女人"的话，也许她是被坏人利用，她想跳出虎口，但又无法。陆成龙决定要尽快找到绿宝石金手镯，找到娇娇。

第二天，陆成龙向厂领导请了一个星期的假，只身来到黄浦公园那个花坛前。看到坛中的花还是那么鲜艳，芳草还是那么绿嫩，可他的娇娇已离他而去。偌大个上海，到哪里去找娇娇，去找绿宝石金手镯？他茫然地在花坛周围徘徊着。忽然，他发现花坛浓荫处有一张白色的名片，捡起一看，上面赫然印着：甜之梦咖啡馆经理孙军。

陆成龙脑中闪过一个念头：这名片会不会和丢金手镯的事有关？不管如何，就从这名片着手，先证实一下是否有甜之梦咖啡馆和孙军这个人。

陆成龙根据名片上的地址，果然在淮海路上找到了甜之梦咖啡馆。咖啡馆是两开间门面，装饰极雅。此刻正是晚上，陆成龙便混杂在一对对情侣之中，走了进去。

一进咖啡馆,只见墙面是米黄色墙布裱贴,高而舒适的火车座,每个座位上方的墙上都有一幅显示爱情主题的外国名画。天花板上装饰着红红绿绿的小灯泡和塑料制成的硕果累累的葡萄藤,整个咖啡馆的布置非常温馨。

此刻正是咖啡馆的旺市,陆成龙选了一张不太引人注目的座位坐下来,决定边吃东西边暗暗察访。

一个瓜子形脸蛋的女服务员端来了点心,陆成龙接过点心,抬头看了服务员一眼,一见她的衣着,心中不禁一惊:这一身装束,与他第一次见到娇娇时看到的,一模一样。是巧合,还是……正在这时,忽然一阵掌声响起,陆成龙抬头一看,原来为咖啡馆伴唱的歌女出场了。

歌女嗲声嗲气地唱完一曲,又唱一曲,引得下面几个小溜子吹着口哨大声叫好。听着这些不堪入耳的歌曲,陆成龙真想拂袖而去,但想到自己到甜之梦咖啡馆的目的时,只得耐着性子呆着。

这时,那个瓜子脸服务员经过他身旁,他轻轻叫住她:"对不起,我想打听个人……"陆成龙说着,掏出那张捡到的名片。

姑娘一见名片,微微一怔,但随即平静地说:"经理今天不在家,你有事可找我们黄副经理。"姑娘说完就走了。

陆成龙刚想起身,忽然有个白白胖胖的中年人走了过来,拍着他的肩膀说:"我就是黄副经理,你有什么事跟我说吧。"

陆成龙说:"我想见一下你们的经理。"

不料这个黄副经理没有直接回答陆成龙的话,却莫名其妙地对他叹起了苦经:"我们咖啡馆虽处繁华地段,可这个税那个税、这个费那个费的,实际上赚不到几个钱。"他一面说,一面无奈地摊摊手,"我看老兄是记者或杂志社的编辑吧?还请多在报上和杂志上美言几句。"

他说了这些话后,又不等陆成龙回答,朝那个瓜子脸姑娘使了个眼色,那姑娘随即拿来一条"健牌"外烟。黄副经理硬把烟塞到陆成龙手里,说:"望老兄多多美言,多多关照!"

陆成龙被弄得啼笑皆非,他尴尬地望着手中的烟,拿又不是,不拿又不是。自己既不是记者,也不是编辑,谈不上如何美言,可又一想,这也好,将计就计吧,免得说出真实身分,多麻烦。

陆成龙拿着"健牌"香烟走出咖啡馆,当他沿着淮海路走到近人民路时,突然从身后窜上来两名彪形大汉,一边一个拽住他的胳膊,把他挟持到马路边的暗弄堂里。一个大汉问:"孙经理的名片是谁给你的?"

陆成龙一惊,但听到和孙军的名片有关,便说:"捡来的。"

"捡来的?"大汉冲陆成龙就是一拳,"老实说,谁给你的?"

"是捡来的嘛!"

"不说?给这小子点厉害瞧瞧!"两人一前一后刚要挥拳,想不到没容他们近身,陆成龙就以迅雷不及掩耳之势,"咚咚"两拳便把靠近身旁的家伙打得捂住肚皮蹲在地上。另一个见势不妙,拔腿就逃,陆成龙也不追赶,一把拎起蹲在地上的那个家伙:"说,谁派你们来的?"

那家伙一脸哭丧相,说:"是孙老板派我们来的。"

"孙老板?哪个孙老板?"

"就是你拿到的名片上的孙军。他故意叫黄副经理送香烟给你,把你当作记者……"

"好啊!孙军,孙军!"陆成龙气得眉毛竖起,牙齿咬得咯嘣响,他正要追问甜之梦咖啡馆有没有娇娇这个姑娘时,那家伙趁他气得愣神的当儿,滑脚溜了。

夜闯咖啡馆

陆成龙哪肯罢休,到了第二天晚上,他身穿弹力短裤短衫,鼻梁上戴着一副墨镜,隐身在咖啡馆马路对面的一棵大树旁,注视着进出咖啡馆的人。

忽然,他见一辆皇冠牌轿车"嘎吱"一声在咖啡馆门口停下,从车上走出一男一女。男的一副港商派头,女的长发披肩,戴一副宽边变色镜,身穿曲线毕露的黑色旗袍裙,显得窈窕丰满。

陆成龙觉得那女子体形好生眼熟。就在这时,女的摘下眼镜,陶出手绢擦了擦眼睛。陆成龙看清了,不禁叫出声来:"娇娇!"他不假思索,抬步朝马路对面穿去,不料被一辆急驰的轿车挡住,待轿车驶过,已不见娇娇的身影。他认准一定是进咖啡馆了,便推门向里间闯去。

一进门,昨天那个瓜子脸姑娘过来挡住:"先生,你找谁?""我找孙军!""有什么事对我说吧!"

这时,陆成龙听到里间传出几声咳嗽声,便对瓜子脸说:"把门打开!不打开,我就要撞门了。"

"先生,你……"陆成龙一把推开她,就用肩头撞房门。瓜子脸姑娘死死缠住不让他撞。

就在这当口,门开了,从里面走出一个魁梧的汉子。此人平顶头,四方脸,穿一件纺绸白衬衫,一条草绿色军裤,脸上有一条寸把长的疤痕。他冷冷地对陆成龙说:"老兄,好男不和女斗。"

瓜子脸一见来人,放开陆成龙走了。

"听人说,你要找我?"来人傲慢而又自负地说,"我就是孙军。"

"那好,我正要找你。"陆成龙见孙军满脸杀气,咄咄逼人,一点也不惧怕。

"好吧,那就进房内谈吧。"孙军似笑非笑地作了个请的手势。

陆成龙刚一进房内,房门就"砰"地关上了。没容陆成龙看清房内一切,他头上就遭到了重重的一击,眼一黑,晕了过去。

等醒来,陆成龙发现自己已被五花大绑绑着。

孙军嘴上叼着一根香烟悠悠地吸着,一只脚踏在一张方凳上:"咱明话对你说,娇娇是我的人,绿宝石金手镯也是我在公园花坛拿的。现在有两条路任你选择,"孙军喷出一条条小龙似的烟圈说,"一条是赔偿你五百元钱,从此作罢;一条是……"他"嗖"地拔出一把寒光闪闪的匕首,掷在台上。

陆成龙身子被绑着,不能动弹。要是他选择前者,他对不起死去的母亲,对不起娇娇,也对不起自己;要是选择后者,娇娇没找到,金手镯没找到,反倒先丢了性命……陆成龙决定来个"金蝉脱壳"之计,他说:"好啊,孙老板,金手镯是身外之物,生不带来,死不带去,既然你看得起我,我就走第一条路!"

孙军一听,一阵狂笑:"好,老弟上路!"他立即吩咐手下人给陆成龙松绑,并亲自斟了满满两杯酒,一杯自己,一杯递给陆成龙,"咱们以后就是朋友了。"

陆成龙接过酒杯,一饮而尽。说时迟、那时快,就在孙军亮起喝干的杯底时,陆成龙飞起一脚把孙军踢翻在地,同时一抬手"叭"用手中的酒杯掷灭了电灯,趁室内一片黑暗,又一拳击倒守在门口的大汉,踢开房门,冲出了咖啡馆。

苦水诉不尽

陆成龙在街上飞跑了一阵,然后转了几辆公共汽车,确认没有跟踪的"尾巴",便朝自己家走去。

他走到家门口,打开门锁,推门进去,黑暗中见屋内椅子上端坐着一个人,他大吃一惊,急忙扭亮灯,一看,惊喜地叫道:"娇娇!"边喊边冲动地一把搂住她,连连说着,"娇娇,娇娇,可想死我啦!"

"阿龙!"娇娇眼泪汩汩而下,"阿龙,我不值得你爱,我早就告诉你,我是一个坏女人。"

"别说了,不许你再说自己是坏女人。你是好女人,是我的好女人!"

陆成龙话刚说完,娇娇突然"扑"跪倒在他面前:"阿龙,你打我吧,你骂我……"

"快起来,快起来!"陆成龙见娇娇下跪,倒弄得不知所措。

"阿龙,你还记得一个人吗!"

"谁?"

"叶敏。"

"叶敏?"陆成龙脸色一时变得灰白,"我心已死,不要再提她了。"

"阿龙,我就是叶敏啊……"

"你……"陆成龙万万没有想到眼前这个娇娇会是他过去的恋人叶敏。不,绝不可能!"娇娇,你是不是病了?"

"不,我没病,我没病。"娇娇泪水涟涟,"我知道你不会相信,因为我变了。我为什么会变,你是不知道的。我要趁现在把一切都告诉你。"

娇娇的确是叶敏,叶敏和陆成龙原是隔壁邻居,两人青梅竹马,形影不离。到高中毕业后,两人都分配了工作,可是叶敏的父母却嫌工种低贱,不让她上班,他们想通路子为女儿找一个体面的工作,叶敏只好整天呆在家里。时间一长,叶敏在家非常苦闷,就上街和一些闲荡的人混在一起,跟着他们到处乱跑。

一天,叶敏来到淮海路上,见甜之梦咖啡馆人进人出,就好奇地凑近玻璃门朝里望,但门是茶色玻璃,什么也看不清,她索性推门进去,里面的红灯绿酒、摩登女郎、翩翩少年,一下子把她吸引住了,她觉得很新鲜,真想坐下来喝一杯,享受一下,可她袋里没有一分钱。

这时,一个女服务员过来殷勤地招呼道:"小姐,请里面坐,喝咖啡还是香槟?"

"我……我……"叶敏尴尬得满脸绯红。

"这位小姐,我能邀请你陪我一起喝杯咖啡吗?"这时,旁边一位脸上有一条疤痕的男子眯着眼对叶敏说。

"不,不,我、我得回家了。"叶敏有点留恋又有点胆怯地看了那人一眼,转身要走。

疤痕脸转着手中的酒杯,说:"这位小姐,你一点也不大方,现在都什么年代了……"

疤痕脸这句话可刺痛了叶敏的心,她把头一扭:"哼,我何尝不大方来着?"她走了过去,往疤痕脸对面的座位上一坐,旁若无人地端起咖啡就喝。

从那天起,叶敏成了咖啡馆里的常客,她的周围自然也有一群小伙子围着她转。从别人打量她的眼光里,她开始觉得自己的美也是一种本钱。而她那玉一般光洁的肌肤,乌黑明亮的眼睛,尤其是像花苞一般鲜艳红润的嘴唇……这一切都令疤痕脸兴奋不已。

这个疤痕脸就是甜之梦咖啡馆的老板孙军。他看到叶敏长得美,又年幼无知,断定这是一棵不用花大钱就能到手的摇钱树,于是在一个大雨倾盆的晚上,他在咖啡里做了手脚,诱奸了她。

叶敏清醒后,痛不欲生,要和孙军拼命,她觉得对不起一直深深爱着她的龙哥。她后悔过,也挣扎过,但一次次都失败了。她像一只掉进深渊里的小山羊,四周只有冷冰冰的石壁,她无力摆脱困境,只能任孙军一次又一次地蹂躏。叶敏每次回家,总是避开陆成龙。在孙军的引诱和教唆下,她彻底堕落了,开始走上邪路。

有一天,孙军把叶敏拉到怀里,笑嘻嘻地告诉她说,他有个亲舅舅在香港经商,他决定送她去香港。叶敏信以为真,也就心甘情愿紧紧地靠在了孙军的身上。

没过多久，孙军果真带叶敏去了香港。可谁知一到香港，孙军把叶敏安排在一家旅馆住下后，就不见了人影。叶敏一直等到半夜，刚昏昏入睡，忽然有个黑影压在她身上，把她惊醒了，她拼命挣扎，也无济于事。黑影走后，叶敏又气又恨，几乎发疯，她披头散发，两只手拼命抓自己的脸，抓得血淋淋的，接着又一头向床角撞去……

她醒来时，孙军已经回来了，出现在孙军眼前的，是一张血肉模糊的脸。

原来孙军是走私和拐卖蒙骗妇女卖淫的家伙，他所谓的"亲舅舅"，就是他们团伙在香港的老板。孙军骗叶敏来香港，原本是想把她当礼品送给老板。现在如意算盘落了空，无奈之下他只得把娇娇送进医院。

叶敏进医院后，慢慢地平静下来了。她知道一个人在香港孤立无援，再吵也没用。她考虑了几天，向孙军提出彻底为自己整容的要求，她觉得以前的叶敏已经死了。

整容后，叶敏改名换姓，代之而起的名字叫娇娇。娇娇开始放纵自己，她感到世上没有人真正关心爱护她。

那天，她在家附近被自行车撞倒，本想好好地耍弄对方一番，不想撞她的竟是陆成龙。打这以后，娇娇的记忆又把她唤回到了以前那个天真烂漫的少女时代，陆成龙的形象又在她眼前闪现，抹也抹不掉。

过了几天，孙军又要娇娇去接待一位港商，她坚决不从，遭到了孙军一顿毒打。娇娇心里痛苦极了，可她的苦水没处倾诉，便想到了她的龙哥，就偷偷来到陆成龙家附近等他。而那天恰逢天下大雨，陆成龙背她回家，对她体贴入微，当喝着陆成龙端给她的姜茶，看到陆成龙仔细为她擦身上的血痕时，她激动得差一点失声叫"龙哥"，把一切都向龙哥诉说。

以后她背着孙军,选择不同地点偷偷和陆成龙见面。可其实,她的行动哪里逃得过孙军那狼一般狡猾的眼睛,孙军在寻找机会,他要利用娇娇钓一条更合他胃口的大鱼。

这天,孙军突然对娇娇大打出手,揪住她的头发骂道:"臭婊子,你的胆子倒不小,竟敢背着老子和别的小子混上。哼,姓陆的那小子竟敢欺到老子头上来了!说,你和他的关系究竟到了哪一层了?你们大概想结婚了吧!"

过了一会,孙军的口气又一转,似笑非笑地盯着娇娇,说:"好吧,老子今天就成全你们。"他见娇娇惊愕地可怜巴巴地望着自己,阴阴一笑,"不过,得有个条件。"

"条件?什么条件?"

"条件很简单,只要他肯出得起大价钱赎了你的身子,我就放了你。"

"大价钱?你知道我身上从来没有钱。"

"你没钱?你那死鬼婆婆不是留给你一只绿宝石金手镯吗?就拿那来交换吧。"

孙军让娇娇向陆成龙提出订婚,要陆成龙把绿宝石金手镯作为订婚礼物带到约会地点,然后设法把手镯掉到草丛里。娇娇为了逃出魔爪,答应了……

陆成龙听完娇娇的哭诉,气得大手一拍桌子:"好一个孙军,我不除了你,誓不为人!"

"不,阿龙,他是个吃人不吐骨头的恶狼,今天我跑出来给你报个信,孙军他要带人来找你!"

"不行,他是个十恶不赦的家伙,不报告公安局把他抓起来,他还会继续作恶的。"

"阿龙,我求你了,你听我一句话吧。"娇娇"扑通"一声在陆成龙面前跪了下来,"你的绿宝石金手镯我把它偷出来了,就算物归原主吧。"娇娇说着,从怀里掏出一个包包来。

陆成龙接过金手镯,仔细一瞧,诧异万分:"这不是我的绿宝石金手镯!"

"啊?"娇娇一听,几乎瘫在地上。

血溅小雀街

绿宝石金手镯,原是一对,一只刻有一个"鸳"字,一只刻着一个"鸯"字。这是解放前陆成龙的外祖父胡老板给陆成龙父母的定婚纪念物。由于当时上海一个流氓头子看上陆成龙的母亲胡秀英,胡老板才不得不让新婚女儿和女婿孙鸿运逃往家乡,他自己也关掉营造公司,去了香港。几年后,上海解放了,孙鸿运和妻子胡秀英回到上海,而胡老板却音信杳无。

这时,孙鸿运与胡秀英已有了两个男孩。哥哥叫孙军,机灵强悍;弟弟名孙龙,耿直内向,两个人形影不离,相处极好。夫妻俩均在建筑单位工作,一家四口,尚称和睦。

哪知好景不长,一场"红色风暴"使这四口之家四分五裂,一对在风雨中结合的夫妻,竟被这阵风暴吹散了。当孙鸿运带了大儿子孙军走后,被定为反动技术权威,被批、被整,直至死在隔离室里。而胡秀英的命运也因是"资产阶级白骨精"被扫到里弄里监督劳动。

胡秀英带着小儿子孙龙孤苦无依,幸而得到了一个叫陆叔的单身汉的周济,并教孙龙学武功。胡秀英感激陆叔的周济之恩,便嫁给了陆叔。在陆叔临死时,就让孙龙改名为陆成龙。

自从孙鸿运一死,年已十六的孙军便一个人在上海滩到处漂泊,整天与一些小流氓为伍,扒窃、打架无所不为,他脸上那块疤痕就是在打群架中被对方砍伤的,还因此蹲了两年少教所,后来便随着上山下乡的知青去了东北。在农村,无穷无尽的劳动,艰苦的生活,政治上的歧视,使孙军那本来就有创伤的心灵更刺得滴血,从此他开始恨周围所有的人。他暗暗发狠,有朝一日机会到了,他要报复,要无情地报复!

苦盼苦熬,终于熬到了返城的机会,他先进了里弄生产组,后来辞了职,借了一大笔钱,瞄准时机,率先在淮海路上开起了甜之梦咖啡馆。

咖啡馆生意越来越好,结交的人越来越广,特别和他那个在香港的"亲舅舅"挂上钩之后,他那个咖啡馆便成了暗娼窝。在他眼里,钱和女人至上,为了钱和女人他会不顾一切,六亲不认,他成了一个冷酷的、残暴的、失去了人性的狼!

孙军是个精明人,他知道他现在干的是违法的勾当。他想起父亲生前曾说到他的外祖父在香港,于是,他多方托人,终于得到他外祖父在香港的经纪人的来信,说他的外祖父一年前病逝,但他在遗嘱中委托经纪人寻找他在内地的后代,来港继承他在国外和香港的一切遗产。但继承人必须说出他离大陆的原因,并交出胡家的传家之宝———一对绿宝石鸳鸯金手镯。

孙军看了这信,乐得疤痕脸都变了形,他两眼紧紧盯着"胡氏企业"几个字,觉得身子在飘飘上升,仿佛自己已成了百万富翁,往后再不用为钱操心,要什么就可以有什么了。

不过,他在高兴之后又忧心忡忡了:一对绿宝石鸳鸯手镯,父亲生前明明只交给自己一只,另一只在哪里呢?正当他苦思冥想另一只金手镯时,娇娇无意间露出了陆成龙家有金手镯的事。于是,他便设下了利用娇娇窃取金手镯的计来。

陆成龙望着绿宝石金手镯,嘴里喃喃道:"难道这孙军就是母亲对我说起过的我的亲哥哥?"

娇娇听陆成龙说孙军可能是他的亲哥哥时,惊愕得怔怔地望着陆成龙。但她太了解孙军的为人了,她求陆成龙先离开上海避一避。

就在这时,只听大门"轰"的一声,被撞开了,陆成龙和娇娇回头一瞧,只见孙军带着几个大汉凶神恶煞般地横在门前。

陆成龙忙拉过娇娇,神色镇静地对孙军说:"孙老板半夜上门,不知有何贵干?"

孙军眼露凶光说:"姓陆的,我不跟你废话,我只问你一句,你为什么指使娇娇偷我的金手镯?"

"绿宝石鸳鸯金手镯是我家传之物,谈不上偷。"

"家传?"孙军微微一惊,随即冷笑一声,"既是家传,我问你,你母亲姓什么叫什么? 你父亲姓什么叫什么?"

"母亲姓胡名秀英,父亲姓孙名鸿运。"

"他们有没有儿子?"

"有,两个。"

"叫什么名字?"

"大儿子叫孙军,小儿子叫孙龙。"

"你到底是什么人?"

"我是孙鸿运的小儿子孙龙。我母亲为了纪念死去的继父陆叔,才将我的名字改成陆成龙。"

孙军听罢,眼珠滴溜溜地打量着陆成龙,当他看到陆成龙眉心之间有一颗黑痣时,他确信此人真的是失散多年的弟弟,一股兄弟之情不由涌上心头。但这念头只是一闪而过,随之便是国外的、香港的大笔遗产占据了主导地位,他想:决不能相认,要立即除掉他,把绿宝石鸳鸯金手镯拿到手。

这么一想,他从鼻子里"嘿嘿"发出一阵冷笑,说:"陆成龙,你别在我面前编故事,金手镯明明是你偷去的,你却来冒充我的弟弟,名正言顺地夺我的家产。"他一边说,一边向身边三个大汉使眼色,那三个彪形大汉立刻一拥而上,向陆成龙扑去。

陆成龙一个腾跃朝后退,一直退到墙根。

孙军"嘿嘿"一阵狂笑:"姓陆的,快交出另一只金手镯,免得皮肉受苦。"

陆成龙不慌不忙对孙军说:"孙军,今天我叫你一声哥哥,希望你改邪归正。"

"少啰唆,"孙军恼羞成怒地打断陆成龙的话,大声吆喝手下人:"给我上!"

"慢,哥哥。"陆成龙镇静地说,"你听我把话说完。娇娇早已把一切都告诉了我,我知道你得到金手镯是好去香港继承外祖父的遗产。今天咱们打开天窗说亮话,这遗产,我们弟兄两人都同样有权继承,但只要你答应我一个条件,我可以放弃继承权。"

孙军将信将疑,问道:"什么条件?"

"你要向政府坦白交代你所干下的一切坏事,彻底改邪归正,重新做人,以后的一切就都是你的……"陆成龙说着,眼睛潮湿了,"我知道你这许多年来吃了不少苦……"

"哈哈,好主意,让我去坦白交待,让我去坐大牢,好让你去享受遗产!你这小子安的什么心!"

"不,我说到保证做到,我不要一分钱遗产,我只要娇娇——叶敏,靠我们俩的双手劳动吃饭。"

"别说了!"孙军像疯狗一样叫起来,"什么改邪归正,重新做人,我听腻了,我就是我,我是孙军,孙老板。陆成龙,老实告诉你,你别在老子跟前耍滑,我姓孙的是什么人,你可以去打听打听。我要去香港自由自在地生活,你还是爽气的好,快把金手镯交出来!"

陆成龙气得脸上的肌肉直抽搐:"你这个孙家的败类!"

"给我打!"孙军大声说。

三个大汉挥拳向陆成龙砸去,陆成龙不躲不避,运足气,来了一个"黑虎掏心",对准其中一人天灵盖猛一抓,同时一个"顺手牵羊",一个"扫堂腿",将另外两人扫倒在地。

"他妈的,熊包!"孙军不甘心失败,气势汹汹地冲上来,对准陆成龙胯部狠命一脚。陆成龙一闪身便躲开了。孙军又来一招,出拳朝陆成龙的脑门击来,陆成龙又一闪躲开了。孙军由于用力过猛,一拳竟打在墙壁上,痛得"呀"的一声,一只手无力地垂下了。孙军见自己打不过陆成龙,顿生杀机,他假装蜷缩在墙根下,暗中从腰里掏了匕首,猛地一甩,匕首朝陆成龙的咽喉飞去。说时迟、那时快,这一切娇娇看得真切,连忙从侧面冲上来。只听娇娇一声惨叫,匕首刺中了她的胸膛,鲜血喷飞。

"娇娇……"陆成龙失声叫着,抱起娇娇。

孙军得意地狞笑着:"臭婊子,吃里扒外,这下尝到厉害了吧?"孙军说着,和三个大汉一步一步朝陆成龙逼来。陆成龙忍无可忍,不顾一切地和孙军一伙展开了搏斗,他挥拳扫腿,一会儿工夫就把四个人打得瘫在了地上。

陆成龙顾不得擦去身上的血迹,转身出门向电话亭奔去,他喊了一辆救护车,同时又打电话报告公安局。

他回到家里,见娇娇脸色惨白,血仍流个不停。他伤心地把娇娇抱在怀里,娇娇微微睁开眼睛,看着他,喃喃道:"龙哥,你……你说过,我……我是好女人!"

"嗯"陆成龙伤心得号啕大哭,"你是好女人,我要娶你!"

娇娇惨白的脸上露出了一丝笑意,她费力地从怀里摸出沾满鲜血的金手镯,说:"龙哥,你……你给我戴上吧!"

"好,好,我给你戴上!"陆成龙从娇娇手中接过金手镯,颤抖着给她戴上了手腕。

门外,救护车来了,警车也来了……

(文 达)

善良的行为有一种好处,就是使人的灵魂变得高尚了,并且使它可以做出美好的行为。

诚实山民

勇斗熊瞎子

元江山区有个穷山沟,零零落落住着一些庄户人家。其中有一家姓卜的,儿子卜玄生和年迈的爹妈厮守在穷山沟里。

卜玄生小学毕业后,就丢下书包,扛上锄头,随着爹种地、放牧、看守山林,啥活都干,却越干越穷,加上他生得黑,又长满了一身蛇皮一样的皮肤,眼看三十大几了,姑娘们连看也不愿看他一眼。小伙子好不伤心!

这一年,村支书的老婆给他在外乡找了一个叫大珠的姑娘。支书老婆三言两语一撮合,男方不嫌女方矮丑,女方也不计较男方那身蛇皮儿,双方都点了头。哪晓得大珠那个爹,一口咬定:养女十八载,呷谷三十六石,没有一万元彩礼,休想娶走他家女儿。

卜玄生听了,像一下子跌进了冰洞里。天!要把大珠娶到家,得花上两三万呀!在这穷山沟,连温饱还难维持呢,把家当房子连宅基全卖了,也娶不进女人呀!

卜玄生苦呀!他不甘心在这山坳坳里打一世光棍。善良本分的小伙子,既不能去偷,又不能去抢,有心想去南方打工挣钱,可一想到人地生疏,往哪儿找活干?卜玄生苦苦思索了三天三夜,忽然想到了到深山老林淘金子,找到金子娶老婆。

卜玄生淘金娶亲倒不是瞎想。两年前他就听人说,资江上游有条宝谷,那儿地下埋着黄金和白银,是当年太平军失败后埋藏在这里的。又听人说,那儿曾经是个金矿区,清朝政府、国民党和日本人,都到那儿淘过金,直到解放,斗倒了金把头以后,这里才变得无人问津。

当时卜玄生听了也没当回事,可如今,为娶老婆,也不管它是真是假,硬要下狠心,闯闯老林,寻找金子。

卜玄生其实也没什么奢望,没想打开什么金库,只望能捡些金豆子,够把大珠娶来家就行。于是,他备足了干粮和淘金工具,瞒了爹妈,翻山越岭,来到这个峡谷。

这儿,周围尽是连绵起伏的峰峦,山谷里贯穿着一条山溪,溪水像一根银线,在谷地上流动着,黄澄澄的晨雾在温暖的阳光里慢慢向老林深处飘去。

卜玄生手执挖金锄,低头弯腰在峡谷里这儿刨刨、那儿敲敲,当他分开茂密的树枝叶,从一丛山胡椒矮树林里钻出来时,差点儿和一头熊瞎子撞了个脸挨脸。这可把卜玄生吓傻了。

那只熊瞎子正在津津有味地吃着什么,突然见有人来打搅,它不高兴了,突然"嗷"地一声惊天动地地咆哮起来,瞪起两眼阴森森地望着卜玄生。它这一吼一瞪,吓得卜玄生三魂七魄都飞走了,一种求生的本能,令他拖着两条发软发麻的腿,夺路而逃。

哪晓得卜玄生这么一逃,更惹得黑瞎子性起,它三蹦两跳蹿到卜玄生眼前,突然两只后腿立起来,扬起一只前脚,朝卜玄生扇去。面临生死关头,卜玄生心一横,胆子不知怎么猛地大了起来,面对张牙舞爪的黑瞎子,他迅速弯腰从地上捡起一根木棒,与黑瞎子打斗起来。

卜玄生用木棒抵挡黑瞎子的攻击,灵活地闪躲着黑瞎子击来的一掌又一掌,还不时用木棒还击几下。黑瞎子掌掌落空,还遭到木棒的袭击,顿时怒不可遏,野性大发,"嗷嗷嗷"吼得更响了,一掌比一掌更凶狠地朝卜玄生打来。卜玄生依然灵巧地躲开黑瞎子的攻击。他闪跳到黑瞎子左边,伺机举棒朝黑瞎子左眼猛抽过去。说时迟、那时快,眼看卜玄生那一棒准会把黑瞎子的左眼打瞎,哪知这行动迟缓的畜生突然头朝左一侧,一口紧咬住了木棒的另一端,任卜玄生怎么拼命拉也不松口。

双方僵持了一会儿,无意中卜玄生触动了木棒上的一个铁扳钩,突然,"扑扑"响了两下,黑瞎子像触了电似的,"哇哇"大吼一声,蹦起老高,然后像一堵倒塌的岩头,向旁边栽倒过去。

卜玄生被这突发事件惊呆了。他呆呆地望着突然倒地死去的黑瞎子,看着那端还冒着淡淡青烟的木棒,突然惊讶地发现,手中这根木棒,原来是支断了枪托的小口铳。卜玄生不禁有点后怕,他木木地站在那儿,怔怔地望着从黑瞎子嘴里流出来的紫黑色的血浆,只觉得全身发软,两腿麻得一步也挪不开了。他甚至怀疑这黑瞎子是不是真的死了,于是战战兢兢地走到倒在茅草堆里的黑瞎子面前,见它脑袋上方被炸开一个鸡蛋大小的洞,鲜血正泉涌般地从那儿汩汩流出来。

照理,小口铳是伤不了这个庞然大物的,然而这是一支经过猎人改装的小口铳,弹头不是一粒铅子,而是猎人专炸大野物的药炸子。也是卜玄生命不该绝,无意间捡到这个炸子,于是黑瞎子就在卜玄生手下丧了命。

卜玄生在惊魂稍定之后,又想知道刚才黑瞎子在呷啥有味的东西,于是他手擎小口铳,拨开厚厚的草丛,一股奇臭冲得他直想呕吐,接着一群绿头苍蝇"轰"地从草丛中飞起。卜玄生憋住气走过去,只见那儿的土被掘开了一大片,一个土坑里有具尸体,被撕得四分五裂,尸体的头被咬烂了,臂部的肉和一条大腿全都不见了。

卜玄生终于明白,这支救了他命的枪的主人,一定是这具尸体了。看得出,他还与这黑瞎子搏斗过,结果他被黑瞎子害了。黑瞎子一次没吃完,就把他埋藏起来,今天可能是黑瞎子刚把他从土坑里扒出来,正巧让卜玄生碰上了。

卜玄生心里有股说不出的悲哀。他猜想这个死去的人也许是来淘金的,自己也是来淘金的,今后的命运又会怎样呢? 他怕野兽再来祸害这个不幸的人,于是用挖金锄加深土坑,把尸体掩埋起来。接着,他来到黑熊身旁,麻利地剥下熊皮,剁下熊掌,开膛取出熊胆。然后,一手拎枪,一手夹着熊皮钻进老林,又去寻找金矿苗儿了。

茅屋救弱女

卜玄生翻过几片蔽日的山林后,才远远看见高地上的废墟。山民们有句俗话:"看见屋,走得哭。"他从东坡足足走了半天,才来到废墟前。

卜玄生一眼望去,只见那山溪像条银蛇,泛着白光,曲曲弯弯,环着山峰脚游过废墟。废墟上莴草丛生,几棵鬼柳树东歪西倒的,远远望去像个张牙舞爪的妖孽。山岩和泥土结构的墟壁,像一座座古堡参差不齐地耸立在一望无际的崖道边。卜玄生沿着一条曲折而荒芜的小路登上高地,小心翼翼地走进那叫人透不过气来的神秘的废墟里,警惕地左顾右盼,四下探望着。突然,他听到了什么声音,他的神经绷得更紧了。

是什么声音？是小鸟叫？不是！啊，像婴儿在啼哭。卜玄生不相信这儿会有婴儿，他揉了揉耳朵，再仔细听，真是婴儿在啼哭，只是哭声很微弱也很嘶哑。他循声找去，哭声来自一片乱墟堆里。

他发现这残板断壁丛里，有人就着废墙搭起一座茅草屋，房门和窗户都用栅栏和树枝堵死了，婴儿的哭声就是从这里传出来的。他急忙放下手中的熊皮，紧握着枪，掀开堵门的树枝，大声朝门里问道："屋里有人吗？"无人回话，却见两只大老鼠，"吱"地窜出来，把他吓了一跳。

卜玄生抬腿向屋内走去，迎面又被一张粗硬的蜘蛛网挂了一下，一只鹌鹑蛋大小的花蜘蛛急忙向门顶遁去。

屋里昏暗得一片模糊，老半天卜玄生才模模糊糊地看见靠北墙的地方有张木板铺，铺板上堆着一堆破布和烂棉絮，哭声就是从那里发出来的。他来到板铺跟前，揉了揉眼睛，才看见烂布头做的褓褓里有一条小生命，那婴儿的小脸呈紫黑色，哭声微弱，看样子已经奄奄一息了。

卜玄生用食指伸到婴儿嘴边，试了试，婴儿居然还能吸吮手指。卜玄生认定婴儿是饿坏了，马上从怀里掏出一个米馍来，咬了一坨，嚼了嚼，连同唾液一同放进婴儿嘴里，很快被他吮进肚里，于是他又咬下一坨咀嚼着。忽然他发现破布堆里有什么东西蠕动了一下，定睛一看，见旁边还有个女人。

女人一头长长的头发，面孔灰暗，瘦骨嶙峋，身上盖着一床积满尘垢的被子，如果不是忽然蠕动一下，卜玄生还会把她当成一堆乱棉絮。

卜玄生喂过婴儿之后，走过来看那女人。他把女人翻转过来，女人已瘦得皮包骨头，颧骨高高地突出来，眼窝深深地塌下去。

卜玄生把手指伸到女人鼻端，试了试，感觉到女人还在悠悠呼吸。他轻轻叫了两声,却不见女人回应。他用手推了女人一下,她依然不吭声,也没有动。

此刻,玄生感到屋里阴森可怕,空气沉闷,时时发出一股股难闻的臭味。他仿佛感到自己处在时刻会死亡的境地,他受不了了,猛然转过身,走到窗前,三下五除二,把堵住窗口的栅栏和树枝掀开,顿时一股新鲜空气夹带着暖暖的阳光洒进了屋里,卜玄生不由地长长吁了口气。

卜玄生重新回到木板铺前,见那女人裸露出被子外边的干瘦身躯和麻秆般的胳膊,一双充满血丝的眼睛,无神地望着茅屋的顶,没有一点活人的知觉和情感。卜玄生仔细打量着这个女人,从皮肤和脸型看,她原本应该很年轻很漂亮,可是她带个婴儿钻到这深山老林来干什么?她怎么病得这么厉害?

显然,眼下卜玄生无法弄清楚这女人的这些个"为什么",在他心里只有一个愿望:救活这个女人和婴儿。于是,他开始在茅屋里寻找食物,他找到了水,找到了一只青花饭碗。他舀了一碗水,然后从怀里掏出进山前备的药片。他不知道这些药片是不是对这个女人有效,但他认为吃药比不吃药好。于是,他用水把药片化开,撬开女人的嘴,把药水灌进女人肚里。

做完这一切后,玄生默默地坐在木板床上等待女人苏醒,在他脑海里又在想那女人为什么带着个小孩到这深山里来。突然,他想到那个丧生在黑瞎子掌下的不幸的男人。呀!莫非那男人就是这屋子的当家人?女人生了孩子,并且病倒了,男人去打猎碰上了黑瞎子……他觉得他这个推测顺理成章。可那男人为啥把一个好好的家搬到深山老林里来?难道……难道他们也和我一样,是为了寻找金子?

等了好久好久,那女人依然没有苏醒过来。卜玄生突然想到,莫非她和婴儿一样是饿晕了?于是把一个米馍嚼后给她喂下。在给她喂食物当儿,卜玄生发现她长发中有虱子在蠕动,他想为她捉掉藏在头发上的虱子，哪知一分开她的头发，吓了一跳，只见虱子成群结队地蠕动爬行，发根上挂满了虮子。

这时，卜玄生又发现女人被子上也有虱子，他掀开她被角看时，只见女人那菜黄色裸体上布满了大大小小爬行的小虫，浑身上下许多地方正在流血流脓。

见到这种情景，卜玄生惊呆了，踌躇再三，最后终于下决心，不顾一切挽救女人的生命。于是，他用猎刀割下女人的头发，提来溪水，烧了一锅热水，为那女人洗澡，再打开熊皮拿出熊胆，用胆汁替女人擦抹患处。做完这一切之后，他觉得女人和婴儿都过分虚弱，得吃点东西，于是他在茅屋里找啊找，找到一点小米、红薯丝和玉米粉，他把熊掌切下一半，和着小米煮起来。一会儿锅水沸腾了，茅屋里发出一阵阵诱人的肉香味。

男 人 与 女 人

给女人和婴儿喂了小米粥后，是去是留？卜玄生想了想，觉得自己现在一走，这母子俩必死无疑。善良厚道的卜玄生决定暂时放下淘金的打算，留下来救活母子俩。于是，他在屋里用茅草和松叶搭了个地铺，住了下来。

他把那头击毙的黑熊背进茅屋，把熊肉割成一块一块储藏起来慢慢食用。在卜玄生的精心喂养下，那女人虽然还处于昏迷状态，但流脓血的伤口已经开始结痂了，脸色也有了好转。那婴儿的脸则一天天红润起来，手抓脚蹬，哭声也一天比一天响亮起来。

一天夜晚，睡得香甜的卜玄生被女人的呼叫声惊醒，他急忙坐起来，点亮灯，披上衣，站起来。见那女人正抬起头，冲着他用嘶哑的声音喊："木木……"卜玄生急忙走过去问："你想喝水？"玄生舀了一碗水给她，女人像牛喝水似的一口气喝完。

当卜玄生又端来一碗水时,那女人突然瞪大眼睛望着他问:
"你是谁? 木木呢?"

卜玄生怔住了。他想木木也许是她的丈夫啊! 抑或是被黑
熊害死的那具男尸? 他说:"木木是你家男人? 我不晓得他在
哪。我是路过这片高地的人,听到茅屋里孩子的哭声,才闯了进
来,后来发现你病得很厉害,就留下来照料你母子俩。"

女人听着,用眼睛看了看自己,又看了看孩子,突然发疯似
的喊起来:"滚滚滚! 你是土匪! 一定是你图财害命把我家木木
杀了,又来强占我们娘儿俩。土匪! 土匪!"

卜玄生默默地望着这个瘦骨嶙峋可怜的女人,他本可把她
男人丧命黑熊的噩耗告诉她,但又想到她刚恢复知觉,怕她受不
了这沉重的打击,他只得忍受着她的指骂。

那女人叫喊了一阵之后,又抓起盛水的碗朝卜玄生砸去,卜
玄生没有防备,额角被砸得鲜血直流。这下卜玄生火了,恨不得
冲上去狠狠地抽那娘们几个耳光,但一想到她是个女人,而且是
个病人,他强忍住了,说:"好,好,我走,我走! 你们娘俩饿死了,
可甭怨我!"

卜玄生赌气出了茅屋,没走几步,又犹豫了。他问自己:"当
初也没人请你来照顾她娘儿俩,你若现在撒手一走,还不如当初
不救活她娘俩。卜玄生,卜玄生,你咋和一个病女人一般见识
呢!"

这么一想,他的火气熄了。但他没有立刻返回茅屋,而是沿
着一条茅草荒径向溪边走去。

这是条朝北走向的狭窄山谷,两边峻岭逶迤,巨岩突兀,山
坡上到处都是松树和樟树,山坡下是一层层阶梯式的谷地,谷地
中间也生长着茂密的樟树和红杉,溪边树林下边是一片狭长的
蒲草塘,塘里盛开着红一片、紫一片、白一片的蒲草花,将峡谷点
染得色彩斑斓。而最能体现出山谷生机的是那条喧闹的溪涧,

清澈的溪水发出欢快的响声,向谷口夺路而去。如此自然美景使几天来闷在茅屋里伺候病人的卜玄生一扫胸中的郁闷,他捧起溪水喝了个饱,尔后继续朝前走去。

走着走着,他忽然眼前一亮,只见溪涧边有一大片地面被掘开的土坑。土坑有大有小,有的像淘井一般直挖下去。他在一个土坑里找到了一把尖镐,一把铁锨,还有一只用樟木做的淘金盘子。他高兴得咧开嘴呵呵笑了,这不是采金人从泥沙里淘金用的工具吗?今天我何不试它一试!

卜玄生自己没淘过金,也没看见过别人淘金,但他凭着想象,走到深坑里用淘金盘揪了半盘泥沙,然后蹲到溪涧里用水冲。

就在他把一盘泥沙冲掉三分之二时,他看见盘底沙子里有许多金光闪闪的碎屑。他惊喜若狂,金子金子,我采到金子了!

他想:找不到金豆子,淘点金沙也行,一盘就得这么多,干上几个月,弄它十斤八斤没问题。到那时,欢欢喜喜把大珠娶到家。那真的是:娶婆子,生崽子,快快乐乐过日子!

但是,卜玄生高兴得太早了,当他再淘时,盘中的金屑说什么也不肯和沙子离开,他把盘子送到流水里猛力晃动几下,再拿出来看时,盘中的沙子倒是被冲洗光了,可那金屑也随流沙跑了,那些亮晶晶的东西正躺在溪底望着他笑呢!

卜玄生不甘心,又弄来一盘泥沙去水里淘,结果金屑又跑光了。他在那金光闪闪的碎屑诱惑下,左一盘、右一盘,不知淘洗了多少盘泥沙,一直淘到饥肠辘辘、腰酸腿疼,也没淘到一粒金沙。这时,他想到板铺上那娘儿俩肯定饿了,就赶紧洗洗身上的泥水,心情沮丧地一步步朝茅屋走去。

当他回到茅屋时,见挡房门的栅栏被撞到一边。他不由大吃一惊:野兽闯进茅屋了?他迈着大步急急闯进屋,见孩子安好地熟睡在襁褓里,只是那女人不见了,地面上留下她爬行的痕迹。

卜玄生调头出来,就着落日的余晖寻找女人,终于在一片茅草丛里找到了她。只见她仰卧在乱草堆里,看见了他,又杀猪般的叫起来:"我要寻木木去,你不要过来,滚,土匪!"

卜玄生哭笑不得,劝道:"别瞎闹了,你病成这样子,还找什么木木。"说着,就想抱她回屋去。可她哭着、叫着,甚至还咬卜玄生的胳膊。

卜玄生终于被惹火了,他大声吼吼道:"听着,臭娘们!你若敢再哭闹,我就把你丢到乱沟里去喂狼!"

这一招还真灵,女人不哭也不乱挣扎了,乖乖地让卜玄生抱回茅屋。卜玄生闷坐了好久,开口说:"你听着,我是山沟沟的农民,因为被亲事逼得来老林山里碰运气的。我一到峡谷,就碰见黑熊祸害人,我猜想那个被害的男人,一定是你家木木了。我打死黑熊后,埋了尸骨,上得高地来,在这儿碰上你娘儿俩病得快死了,我不忍心见死不救,就留下来照料你们娘儿俩。现在我跟你讲明白,对于你的一草一木,我连手都不沾,你放心养病好了,等你一旦能起床照顾自己,我马上离开。"

他说完这些话,以为女人还会大哭大闹,但她却平静地听着,听完了只是嘤嘤抽泣了一会儿,就睡着了。

情系雷雨夜

卜玄生没有离开茅屋,依然照料母子俩。带来的药品用完了,他凭着山里人平时采草药治病的知识,寻找了一些草药煎汤来照料女人。

可能是草药的功能和熊肉粥的营养作用,女人很快就能坐在铺板上自己照料自己了。卜玄生发现:女人的脸颊慢慢地丰腴起来,人越来越好看了,而且举止端庄,还有点知书达理的样子呢。

这天上午，卜玄生又去淘金。他碰好运了，一连淘了三盘沙泥，竟淘到三粒米粒大的金沙。他手摸金沙，惊喜若狂，淘呀，掘呀，掘呀，淘呀，一盘一盘泥沙，洗得堆成了小山，又淘到几粒金沙。就在他淘得来劲时，从东南方向飘来一大片乌云，黑锅底般的云眨眼间来到他头顶，突然，一声山崩地裂的响雷炸响，大雨翻江倒海似的直泻而下。卜玄生浑身淋成了落水鬼，浇得睁不开眼睛，端不住淘金盘，他只好无可奈何，趔趔趄趄地跑回茅屋。

当卜玄生赶回茅屋时，茅屋里孩子在拼命哭叫，女人两手掩住耳朵，瞪着两只恐怖的眼睛，也在嚎啕着："我怕！我怕！"

见此情景，卜玄生顾不得自己换衣裳，忙走过去安抚她："不要怕，不要怕，打雷有什么好怕的！"

女人顿时像落水者捞到了救命的木棒一般，猛地投进他怀里，凄婉地喊："我怕，我怕！"

卜玄生轻轻抚摩着她那刚长出来的头发，说："别怕，别怕，雷雨很快就会过去的。"

女人把头贴在他宽阔的胸膛上，像找到了安逸的场所，慢慢平静下来了。这时，卜玄生把她慢慢地从自己怀里移到枕头上，然后回到自己地铺上去换衣裳。

谁知他刚刚把湿衣服脱下，还没来得及穿上干净衣服，这时天上又响起雷来，惨白的电光把茅草屋里照了个雪亮，那个刚平静下来的女人吓得"呜哇"一下从板铺上坐起来，又嚎啕开了。卜玄生忙去安抚她，还没让他走到跟前，女人就浑身战栗着投进他的怀里，嘴里不停地惊嚷着："抱紧我，抱紧我，我怕，怕！"

卜玄生只好把她搂紧了。他生来还是第一次和女人这样肌肤相亲，一股纯阳之气在他体内升腾。天底下一个男人和一个女人一丝不挂地拥抱在一起，接下来发生的事，也是天底下男人与女人干的事一样儿。

一会儿雨过天晴。卜玄生沮丧地从女人怀里挣脱出来,心里想:我真混,怎么做出这事来?今后咋交待呀!

他穿好衣裳想马上离开这儿,可走出茅屋,眼前白茫茫一片,溪涧水已经涨成了无边的湖,路被山洪侵占了。卜玄生无可奈何地摇摇头,在门外踟蹰了好一会儿,只得耷拉着脑袋又回进茅草屋里。

自从那天和女人发生关系后,卜玄生内心十分痛苦,他觉得既对不起眼前这个大病刚愈的女人,也愧对家乡的大珠,因此他对每天都可淘到七八粒金沙的财气也失去了兴趣,经常愣怔着想心事,见到那女人就低下头,不敢正眼看她。

女人打那以后,身体恢复得奇快,不仅能扶着板铺下地做饭、浆洗衣裳,还拄了棍子去看望她男人的坟地。

这天,卜玄生对女人说:"我该走了。屋里的食品还能供你吃几个月,你身子好利索后也离开这地方吧。"女人没有作声就回屋去了。吃完晚饭,玄生把自己的行李收拾一下,准备天明就启程回家。

睡到半夜,突然感到有人紧紧地搂住自己,他睁眼一看,是那个女人。他惊讶地想推开她,却被她紧紧搂住了,他一时不知咋办好。此时,女人泪涟涟地说:"大哥,我不愿你离开。大哥,你若一走,我娘儿俩算死定了。我男人都被黑熊祸害了,我们孤儿寡母的咋有生路呢?大哥,我娘儿俩与其被狼吃了,还不如死在你手里,这样我娘儿俩还能留个全尸,魂儿还能回归故里。大哥,你若走,先劈了我娘儿俩吧。"

卜玄生觉得女人说的不无道理,一时不知咋说好。女人见他不说话,身子贴得更紧,说:"大哥,我知道你是个好人,不会见死不救就走的。大哥,和我们娘儿俩一起过一辈子吧!总有一天,一切都会有的!"

听女人这样讲,一直萦绕在他脑子里的疑问一下子跳了出来。他问女人为什么老恋着这深山老林,女人沉默一会,凄然地诉说起来。

这个女人叫天秀,是四川人,中学毕业后便回家种地。有个河南佬来她们那儿招女工,说到广东打工,包吃包住,每月还有几百元工资。她就和村里五个姑娘跟河南佬外出打工。哪知河南佬把她们带到老林下的山沟沟里,人就不见了。村里几个长得又丑又老的单身老倌过来抢人,拿出凭据说是河南佬把她们卖给他们了。无论她们咋哀求哭诉,始终逃不脱。后来是一个叫木木的青年设法领她逃出来。木木说到老林里淘金去,有了金子就能送她回四川老家。两人来到老林里就结成夫妻,生了孩子。木木每天辛辛苦苦去淘金,为的是一块儿回老家呀!

这个叫天秀的女人说到这儿,哭道:"我命好苦呀!木木死了,我娘儿俩再也回不了老家了。大哥,留下来,我给你生娃,我们在一起过一辈子吧。"

天秀的遭遇深深地引起了卜玄生的同情,他虽然没同意和她过日子,但也没坚持马上离开茅草屋。

妹呀别怪哥

大约过了一个多月,卜玄生开始上山伐木,然后扎了一个小木排。

天秀好奇地问卜玄生,为啥不淘金,扎木排干啥?玄生告诉她,秋天过后是冬天,大雪封山,找不到吃的,三个人都会活活饿死、冻死。眼前老林还有一场秋汛,可以趁机出去,送她回家,如果丧失这个逃出老林的机会,后果不堪设想。

秋汛来了,往日清澈的蜿蜒溪水,突然变得宽阔混浊起来,像一匹发狂的野马,咆哮奔腾。

　　木排正式下水了,卜玄生把行李和工具以及路上就餐的锅灶,全都搬上了木排,然后叫天秀抱着孩子坐进木排上的棚棚里。天秀在上木排前抱着孩子到亡夫坟上叩拜一番,尔后抓了一把坟头上的泥土放在孩子的口袋里,喃喃道:"孩他爹,跟我们上木排回家吧。"

　　天秀把孩子安置好,依恋地望着高地废墟上的茅草屋,问卜玄生:"大哥,我们还会再来吗?"

　　卜玄生没有回答女人的问话,支开话题说:"你听着,路上可能会有点儿风险,我尽量不让木排出岔,你坐在棚棚里管好孩子,别怕,别慌。"

　　卜玄生说完这话后,摘下拉杆,喊了一句号子:"开——排——啰!"他提篙轻轻往岸上一点,木排就轻轻地离开岸边,漂向峰峦水转的溪涧,向大山口漂去。由于坡陡流急,木排像箭离弦一般向前驶去,转眼工夫,就看不见那梦幻似的地方了。第三天,木排流到石门坎。石门坎峭壁遮天,险滩层出,是自古放排人谈之色变的地方。但小木排过烟筒与抽水口两道险隘关口时,倒没像卜玄生想象的那么危险。

　　接下来,面临的第三个险隘关道是石门坎,出了石门坎就没有什么大滩大险了。

　　卜玄生嘱咐棚棚里的天秀,叫她好好坐着,自己小心翼翼地撑篙、挡岩礁、躲漩涡。木排在石门坎漩涡上打起旋转来,天秀抱住孩子,脸吓得刷白了。卜玄生圆瞪双眼,紧握篙子,紧盯着木排从一个大礁石旁边冲过去,又绕过大大小小的暗礁,终于顺利地出了石门坎。

　　卜玄生知道,木排出了石门坎,就像病人脱离了病魔,获得生命一样。他擦了擦额角上的汗水,深深地吐了一口气,放下篙子,任木排顺水漂流。他进棚棚喝了口水,对天秀说:"放心吧。很快要到新埠码头了。上了码头,那儿有火车到成都。"

天秀一听很快就到新埠了,她依依难舍,一往情深地说:"大哥,你是世界上少有的好人,我和孩子都会一辈子忘不了你。大哥,你若不嫌弃,我就认你做干哥哥吧!"

卜玄生偷偷瞟了她一眼,见她虽然是大病初愈,又经过十来天的风吹日晒,但还是那么漂亮,弯眉秀眼,楚楚动人。一想到和她一起生活了这么多日子,感情上倒真有点难舍难离。他想,现在只要我说声"天秀,你就留在我身边吧",天秀肯定会欣然应允。但他又一想:不能哪,老家有那门亲事,大珠还在等我,一个男人不守信用,还算个人吗?他竭力控制住了自己的感情,抬起头,见天秀正扬起好看的小下巴等他回话呢!他点点头说:"好吧,算我高攀了!"

一路顺风顺水,木排行驶得很快。到新埠,靠岸后,卜玄生把木排卖掉,得了2800元,他给天秀买了回成都的火车票,又把余下的钱塞在她衣袋里,然后"吭吭哧哧"地说:"妹,拿着吧!钱不多,路上用得着。"

火车要启动了,卜玄生向车上母子招手。天秀泪涟涟地从车窗探出头来。当火车一启动,她突然把手里一只小白布口袋抛给卜玄生,喊道:"哥,这是妹子一点心意,给新婚嫂子的见面礼——"

卜玄生拎起那小口袋时,列车早已"轰隆轰隆"地开走了。卜玄生打开小口袋一看,一下子惊呆了,里面竟是三四十粒金豆豆,圆圆的,黄澄澄的。追还给她,已不可能了。卜玄生望着那黑黑铁轨,那远远的汽笛声,心里顿时涌起一阵失落感,他凄声高喊着:"妹妹,哥对不起你!"

(郭荫生)

　　跟生活的粗暴无情打交道,碰钉子,受侮辱,自己也不得不狠下心来作斗争,这是好事,使人生气勃勃的好事。

未了官司

难 批 的 申 请

沿着涪江支流翻过老鹰山,便步入了青岭乡。这天一早,由小溪村通往乡政府的崎岖山道上,有个年轻人正甩开大步往乡政府赶去。只见他中等个儿,浓眉大眼,皮肤黝黑,身板结实,穿一身洗得快发白的旧军装,那走路的神态仍保持着军人的风度。他叫汪明华,是青岭乡小溪村老王家的上门女婿。

汪明华原是平坝双石塔村人氏,刚从部队复员回乡不久。小伙子生性耿直,勤奋好学,在部队,上级叫他干啥就干啥,而且干得极好。复员后,他带着户口到小溪村和老王家的独生女儿王蓉结了婚。汪明华在部队时就有了回乡后好好干一场、发展副业、改变家乡穷面貌的志愿,因此,结婚后的第三天,他就和家人商量,打算在屋后的荒山坡上盖一间养猪场和一间蘑菇房。

　　谁知一听他的计划,妻子王蓉就眉头打结地说,今年春她去部队时听了他的计划,回家后就打了两次申请批宅基地的报告,可至今音讯全无。岳父气得把饭碗重重地往桌上一放,说:"我早说了,如今办事,你不请干部吃一顿,不给房管员送点礼,人家能给你批?唉,我早看透了,咱们这鬼地方是山高皇帝远,有权一方霸!"

　　看着妻子的神态,听了岳父的牢骚,汪明华一时真不知该怎么说。他在心里问:难道这被大山所隔、远离县城的青岭乡真会是另一番天地?难道国家的政策,党的威信,在这儿全不灵了?他不相信。于是,他说服了家人,连夜写了申请书,请村里杨村长签了意见,天一亮就怀揣申请书,往乡政府赶去。

　　乡政府坐落在青岭镇中心,占地很大,四周是砖砌的高大围墙,围墙内是一排溜楼房。汪明华走进大门,见里面人员不少,聊天的,看报的,下棋的,打球的,有男有女,有老有少。汪明华第一次来乡政府,里面的人他一个也不认识,当然也没有一个人认识他。

　　他见那儿有几个正在嘻嘻哈哈打球,就从兜里拿出申请书,走过去问道:"同志,请问这建房申请找谁批?"那打球的乜了他一眼,理也不理。

　　汪明华讨了个没趣,只得拿着申请书去问一个在下象棋的。那下棋的横了他一眼,说:"你是没长眼睛还是长着眼睛不管用?那些办公室门上都竖有牌子的,你自己不会用眼睛去找?"

　　挨了一顿抢白,汪明华只得摇摇头,心里说:哎啊,我咋迈进乡政府就没注意到那些房门上如伸着一只只手的牌子呢?于是,他一个牌子、一个牌子地找,从楼下找到了楼上,总算找着一间房门的牌子上写着"农房办公室"。他刚要推门进去,突然一个声音连同一个人从他身后横了过来:"干什么,找谁?"

　　汪明华忙转身,见是个身穿干部服装的中年人,就一脸笑地迎着来人说:"我想批点荒坡盖间房子。""写申请了吗?"汪明华忙递上申请。那人接过申请,略一审视,说:"好吧,申请放在这,有空我们抽时间来看看,研究研究再说。"汪明华忙又说:"同志,请你们能快些来看看,给咱批下来,我刚从部队复原回来,听家里人讲,去年和今年都已交两次申请了,这已是第三……"

"嘿嘿,该不是你叫我左转不敢右转吧?该不会轮到要你来安排我吧?刚才你说你当了几天烂兵,有啥了不得,两三份申请有啥稀奇的,三年五年没批的多得是!回去等着吧!"那人说罢,随手"嘭"的一声把门给关上了。要不是汪明华眼睛快、身子灵,还真会跟那扇门狠劲地亲上一吻,或许会啃得平鼻子、掉门牙哩。

汪明华只觉得一肚子火在燃烧,两眼盯着那扇关死了的门,两个拳头捏得指关节发响,要是那人还立在门外的话,他真会抓住他狠狠揍他几拳才能解气。可门就是没开,汪明华只得干瞪一阵眼,强压住胸中的怒火转身下了楼,重重地吐出一口唾沫,然后甩开大步走出了乡政府大门。

走出乡政府大门,汪明华的脑子里思绪万千,在心里问着:这乡政府衙门里的人难道就是这样为全乡人办事的?难道真像岳父说的"山高皇帝远,有权一方霸,要想办件事就得有渠道敬贡"?他边想边低头走着,猛地一阵吵吵嚷嚷的声音把他从沉思中惊醒过来,抬头一望,才发觉走错了回家的路,不由感到懊丧和尴尬,但随即又被眼前的情景给震惊了。

呈现在他眼前的是:在这深山区少见的一块约五亩大的平坦肥田里,正有许多人在忙着抬石搬砖、下基脚敲檩料修建房子。汪明华好奇地拦住一位帮工,问道:"这是造什么厂啊?咋放着这么多荒坡空地不占,却废去这么大一块田,多可惜呀!"那人像看奇迹似的上上下下打量了汪明华好一阵子,才甩出一句硬邦邦的话:"怎么,你没见过咱这山沟里的大事?哼,咱这青岭乡里很快就有人拔地而起建楼房啦！像城里人一样,有围墙,有花园,有鱼池,还有假山。年轻人,如今是只要有钱有权有门道,啥都能办到!"

汪明华终于得知这五亩大田是私人占有建造住房的,而且这占田建房的主人是乡长的妹夫、乡电管站的刘站长。汪明华的肚子差点气炸,他愤愤不平地回到家里,想了一个下午,又想了一个晚上,越想越不服气:妈的,别人占五亩肥田耕地建房都行,为啥咱家在规定范围内要占点荒坡就这么难批?年轻气盛的汪明华第二天一早起来连早饭也没吃,就又闯进了乡政府,找到那个房管员,请他给办理建房手续。房管员连理都不理,他气得大声吼道:"别人要占五亩大的肥田耕地超标建房都行,为什么我为了搞活家庭经济,发展养殖业,在规定标准内申请批点荒坡都不行?"

房管员听他说出这话,一拍桌子道:"老子就不给你批,怎么样?"说着"啪"从抽屉里拿出汪明华的申请书,"嚓嚓"撕得粉碎。接着,乡政府的一些人连推带拉把他给轰了出来。

棺材里活人

中午汪明华回到家里,依然气愤难消,阴着脸,坐在饭桌旁不吭声。王蓉见他脸色难看,关心地问了一句,他突然"咚"一拳擂在桌上,把桌上的碗震得蹦移了位,愤愤地说:"没想到在咱这交通不便的山区,真和大城市成了另一个世界!"全家人见他气成这个样子,谁都没吱声,直把眼光盯着他。

汪明华扒了一会饭,搁下碗筷说:"现在我知道了乡政府的大门,大不了我再多写几份申请,多跑几趟路,我就不信这里真会是另外一个世界,我汪明华偏不信这门子邪,偏要看看这些'天王老子'是不是从娘肚子生的!"

全家人怕他气出病来，到了第二天一早起来，岳父准备下礼品，让汪明华陪王蓉走趟亲戚，给王蓉的舅舅做生日，顺便也出去散散心。汪明华不好推脱，小夫妻俩就挎上一大包礼品，往舅舅家而去。

这时，已是小春，粮食即将成熟的时节，天气很闷热，出门时太阳火辣辣的，当两人走出小溪村地界时，天空突然乌云滚滚，一会儿便飘起了雨点，而且越下越大，两人见不远处有个院子，就甩开大步朝那院子飞奔而去。

两人奔到院子的屋檐下，就忙着掏出手绢相互擦抹着头上的雨水，擦干了雨水，小夫妻俩相互望望，不由地相视而笑了。

这会儿，汪明华抬头打量起这避雨的房院来：这原是一座有着龙门的院子，龙门的房子一边已经拆了，另一边已垮了两间，只立着个孤零零的龙门架。他们避雨的房子也是屋烂墙歪，门框窗架长满木菌，随时将有倒塌的可能。王蓉一看，吓得一把拉着汪明华的手说："这房子怕早没人住了，我们还是到后面那楼房下去躲雨吧？"

汪明华说："没事，我看它不会偏偏拣咱来躲雨就垮的，咱俩是难得到这儿来的客人，它欢迎还来不及呢，咋会垮呢。""人家怕得很，你还开玩笑。""嗨，怕啥哩，有我在此，夫人大可放心。"汪明华说着玩笑话，一把把妻子搂在了怀里，在脸上啃了一口。

就在这时，突然从那破烂的屋子里传出了"嘎嘎"响声，像是有人在掀动着什么，王蓉吓得忙紧靠在汪明华怀里，惊恐地瞪着那扇破门。随着"嘎嘎"响声，又从里面传出个老人的咳嗽声。汪明华把吓得打颤的妻子轻轻推到身后，也瞪着惊奇的眼睛走到破门边，用手猛地推开半掩着的破门，喝问一声："谁?"再朝里一瞧，只见屋里有口棺材，一个蓬头垢面、一头白发的老人正颤巍巍地从棺材里往外爬。见这情景，汪明华也禁不住浑身汗毛直竖，轻声问道："你是人还是鬼?"

　　王蓉听汪明华这么问,侧身探头往里一瞅,吓得大叫一声:"啊!鬼!鬼!"拉起汪明华就跑。

　　就在这时,那老人开口了:"别怕,我不是死人,也不是鬼,现在还是个大活人。"老人边说边弓着身子,面带笑容地朝门口走来,嘴里说着,"看你们是一对小夫妻,是路过这儿来避雨的吧?唉!我这房子也是够危险的,房内跟外面也差不了多少。都是那些有权有钱的人想强占我这块屋基地,我不肯让,他们故意给弄的。来,给你们一张板凳,就在门口坐坐吧。"

　　就在汪明华伸手接过板凳时,王蓉突然叫起来:"啊!你是吴大爷吧?你怎么……"

　　老人抬眼盯着王蓉问:"你……""我就是小溪村一组王篾匠的女儿呀。""哦……"老人又搬过一张小板凳坐下,便同他们聊开了。

　　吴大爷已七十多岁,老伴早故,是个无儿无女、无依无靠的孤老头。两年前倒了两间房子,而今只剩下这两间破房子。因为他不肯把宅基让给后面乡长家修气派的楼房,那个号称"母老虎"的乡长女人怀恨在心,她明里暗里指使一些人把老人这两间本就破旧的房子弄成了如此摇摇欲坠,而那位一乡之长却见了当着不看见,任凭他的母老虎老婆作恶称霸。

　　老人讲到此,气得一对眼睛快冒出了火,用那瘦得像鸡爪的手拍着板凳说:"这苍天也真不睁眼啦,为什么不报应报应这些恶人?有些好心人要来关心照顾我,也遭那母老虎的骂。你们小溪村杨村长的女儿领了几个同学来给我挑水劈柴,母老虎见了就骂,吓得孩子们只得偷偷地来、偷偷地走啊!"老人说到这,用手抹抹泪水,又说,"这些娃娃真好呀!小溪村杨村长一家是好人。杨村长还多次要我住到他家去,我谢绝了。我不去,我死也要死在我自己的房子里,变鬼也要守在属于我自己的房里,盯着这些恶人如何下场!"

汪明华一直没有插言,只是咬着嘴唇愤愤地听着老人诉说。这时王蓉插话问道:"吴大爷,那你刚才咋从棺材里……"老人稍稍喘了口气说:"我知道自己也活不了多少日子了,土都垒到嘴皮了。我怕自己有朝一日躺下起不来,也为了遮风避雨,就干脆睡进自己十几年前做好的棺材里,等待着阎王爷来叫我,我就自己睡在棺材里离开这个世界。"

听完了老人的诉说,汪明华气得牙齿咬得咯嘣响。看看后面那座用瓷砖贴面的楼房,与眼下老人的危房相比,真好比皇宫与草棚。再看看眼下这位孤寡老人,汪明华气得脱口大声骂道:"这些个狗娘养的也算人民公仆? 真他妈该吃枪子!"王蓉见他又发火,忙劝道:"又来了,你有多大的能耐呀? 天下不平的事、气人的事多得很,你能管得了吗?"

"唉!"汪明华气得一拳捶在门框上。

走时,汪明华和妻子王蓉把为舅舅祝寿的礼品取出了部分留给老人,并把身上仅有的二十元钱也给了老人。当小夫妻俩顶着小雨、踏着泥泞土道离去时,老人抱着怀中的礼品及二十元钱两眼泪水直淌,无言地看着汪明华小夫妻俩的背影,靠着门框在心里祷告着:好人啊,祝你们一生平安幸福!

三 进 乡 政 府

汪明华从舅舅家回来,又写了申请,去找村长签意见时,在途中正好碰上了杨村长。杨村长看了申请书说:"我早说了,你这个想法很好,希望你能带个发展搞活家庭经济的好头。这样吧,我要到乡政府去开会,干脆由我把申请给你带到乡农房办去。"

下午,杨村长开完会回来就绕到汪明华家,告诉汪明华说,乡农房办决定隔天就来给丈量和审批。

汪明华一家人听了村长的话很是高兴,就做好准备,等待乡农房办的人来。谁知等了一天又一天,整整等了半个月,连鬼也没来一个。这短短半个月,汪明华一家人好似度日如年,心急火燎地盼呀盼呀,却盼了个空。全家人的心都盼冷了。

眼看大忙即将开始,几头母猪已买回来,汇款到外地邮购的蘑菇菌种也快寄来了,这一切都急等着要房子、要场地。汪明华急了,就第三次踏进了乡政府,登上楼,走到农房办公室门口,一掌推开虚掩着的门。

办公桌上有两个人正在下象棋,一个人回过头厌烦地大声吼道:"找谁?"那个房管员一抬头,正好和汪明华四目对视。汪明华直视着房管员,大声说:"我就找你!"他语气中充满了火药味,说,"我已经跑好几趟了,今天推明天,不知有多少个明天都已过去了,可你们呢? 脚板印都没来踩一个。我想问问,究竟给我批不批?"

这一问,只见那个房管员把一颗棋子猛地往桌上一摔,又"啪"一巴掌拍在桌面上,扬眉张目,唾沫四溅地指着汪明华吼道:"你——多大的官? 我偏不批,你怎么着?"

汪明华也不示弱,跨前一步,指着对方的鼻尖吼着:"你为什么偏不给我批?""嘿嘿,为什么? 老子想为什么就为什么! 为这个,怎么样?"房管员用手指做了个抢钞票的动作,又道,"告诉你吧,眼下不是批房的时候,停批了! 怎么办?"

"你——""我,我怎么着! 你不是说人家五亩田都能批,为啥不给你批吧? 你小子一张臭嘴,管得宽、爱挑刺是不是,老子我就不想给你批,停批了,看你那张臭嘴,再去喷粪好了。哼,宅基地一分不批,老子每月钱照拿,一分不少!"

汪明华这么多天积在胸中的怒火再也控制不住,终于爆发了出来,他一个箭步冲上去,照准房管员就是一拳。但他哪里知道,这两个人也是会点拳脚的,他更不知道这个房管员是故意用话激他,他等的就是汪明华的这一招。只见汪明华一拳打过去就被房管员轻巧地让过,还没等汪明华打出的拳头收回,房管员飞起一脚重重踹到汪明华的腹部,随即两个人就同时大声叫喊起来:"快来人啦,有人行凶啦!打人啦!"夹着喊声,房管员又趁汪明华腹部被击痛弯腰时,又当胸一脚狠踹了过来,踹得汪明华后退几步,后脑勺重重地撞在墙壁上。

汪明华只觉得胸闷头晕,他强忍着伸手抓过一把椅子,狠劲地朝对方砸了过去,椅子没砸中人,却砸在了办公桌上,只听"嘭"的一声巨响,办公桌被砸裂开一条口子,砸坏的椅子破碎木片四面乱飞。正当汪明华又抓起另一把椅子时,被一个听到喊声赶到的乡治安室人员一电警棍给击倒了,紧接着汪明华便遭到一阵如雨点般的拳打脚踢,然后被拖出农房办公室,又拖到楼下。

就在汪明华被拖下楼梯口时,随着一声:"是什么人?干什么的?"不知从哪间房里出来一个气派威严的中年男子,厉声喝问,大伙一看,是青岭乡乡长胡有全。

拖汪明华的人回答:"他在乡政府打人,还砸烂了农房办公室的桌椅。"胡有全又问:"是哪个村的,叫什么名字?"房管员回答说:"是小溪村的,叫汪明华。"

胡有全站在楼梯口,果断地命令道:"不管他是谁,肆意行凶打砸乡政府公家东西和办事人员,是有意破坏和扰乱社会秩序,违犯乡规民约,给我关到治安室里去铐起来!什么时候态度好点了,通知他家里拿三百元罚金来领人!简直是无法无天了!"说罢,转身走进了自己的办公室。

他们把汪明华关进治安室里,然后通知小溪村委。杨村长得到通知后立即赶到汪明华家,领着王蓉及王蓉的父亲赶到乡政府,由杨村长担保暂交一百元款后把汪明华领回了家。

汪明华是由妻子和岳父搀扶着回到家的。一进家门,他倒在床上竟像孩子似的嚎哭起来,边哭边说:"你们为什么要来领我回家呀！你们不该来领我，看他们把我怎样，让他们整死我算了！天理何在呀……明明他们打了我，反说我是无法无天，公理啊，在哪？"看着汪明华身上被打得青一块、紫一块的，一家人只有默默地向苍天祈祷，滚出一串串无声的泪……

汪明华倒在床上一躺就是两天，脑子里想了很多，眼前像放电影似的出现着一个个画面：那孤苦老人的容貌和危房；那正在动工修房占去的五亩肥田……他想起了部队的生活，想起了天真活泼的童年，想起了念小学时与同学们爬进双石塔塔顶的往事，想起在部队的一切……他再也躺不住了，从床上起来，打开抽屉，拿出一叠信纸和笔。他握笔在手又想了许多，他想到了这封信一旦曝光的好结果与坏结果，更想到了如果这封信产生的效果不得力，那将会带给自己及家庭的恶果。他呆坐着衡量了很久，终于一咬牙自语道："大不了我不批这个宅基地！"于是，伏在桌上写起来……

两 封 群 众 信

再说这青岭乡的乡长胡有全，今年四十有三，中等身材，一张倒三角的脸上挂着几根黄胡子。几个月前，他还正式就任了这个乡的党委书记。这天早饭后，胡有全安排好乡政府里下村组的人员，并叫他们通知各村组干部三天后来乡政府开双抢动员大会。交待好后，他回到办公室，冲了一杯浓茶，刚坐到办公桌前，乡邮递员送来了报纸。他抽出一支烟点燃，猛吸了一口，吐着烟雾吹了一口桌上的灰尘，又呷了口茶，便开始看起了报纸。看完两张省报，又拿起市报看，当眼光从第三版溜过时，只见"读者来信"栏目显著一行标题：来自青岭乡的两封读者来信。标题下还加了编者按语。

两封读者来信，第一封是这样写的：

在当今我们这个国家,人口增多、耕地减少已成为一个非常严峻的事实。从中央到地方,乃至每一个中国人,都在说:"要很好地利用每一寸耕地,不准乱占用和荒废耕地!"可在青岭乡小溪村,为什么竟有私人在一块五亩的肥田里修一座豪华的庄园式的楼房? 请问:这是经何人何部门批准的? 是政策允许的吗?

第二封讲的其实是同一件事同一个人:

我们是一个社会主义文明国家,有着尊老爱幼关心照顾孤寡老人的美好传统。然而在今天,竟会有这样一位国家干部、共产党员,号称人民公仆的父母官,自己家楼房高耸,现代化装饰,而同院内楼房下却有一七十多岁孤寡老人,生活困苦,两间住房也被人为地弄成晴天房里照太阳、雨天里外无差别、随时将倒塌的危房,老人只好睡在棺材内以求遮露避雨……

这两封读者来信的署名同是:汪明华。

胡有全的双眼像定了格,直直地瞪着两封读者来信,茶忘了呷,烟忘了吸,直到烟屁股烧痛了手指,才回过神来。他把烟屁股狠劲一扔,一巴掌"叭"拍在办公桌上,打翻了茶盅,震碎了玻璃。他顾不了这些,抓起报纸,急步奔到门口,对那些正要下村组去的乡政府人员大喊道:"都不忙下去了,谁叫汪明华?"然后把报纸从楼上扔了下去,气急败坏地吼道,"你们看看市报上登的来信! 这个汪明华,汪明华在哪?"

楼下的人被他一阵吼叫弄得莫名其妙,也有个别知内情的故意跟着大声问:"汪明华,汪明华! 你们谁认得这个汪明华?

他在哪住?"

这时,有人突然想起来说:"会不会就是前几天为批宅基地大闹乡政府的那个汪明华?"

胡有全刚要开口,办公室里的电话铃响了,接着有人从办公室出来喊道:"胡书记,县委来电话找你。"

一听县委来电话,胡有全不由身子微微颤了一下,对乡政府的人员说:"大家都不忙下去了,双抢动员会改天再说,现在要紧的是处理眼下大急事,一会再商量。"他边说边匆忙地走进办公室,抓起了电话。

电话里传来了县长严肃的声音:"你是胡有全吗?""是、我是胡有全。"

"昨天的市报看了吗? 第三版披露了你们乡两封群众来信,市委也很重视,责成我们县委要对群众来信中反映的事情从重从快严肃处理! 县委将立即组织调查组来你们乡。对于占五亩耕地建私房者,立即停工拆除还耕,并要罚款,要查是谁批的! 关于那个孤寡老人的事,肇事者不管他是什么干部,立即查清上报,通报全县,要严肃处理!"县长说完,"啪"的挂断了电话。

胡有全从办公室里出来,像刚洗过澡似的,一脸汗珠,连头发都湿得直冒热气。他像突然得了急病,有气无力地拖着双腿,像十天半月没吃饭似的说:"大家都先回自己房里休息去吧,一会有事商量。"

说实在的,胡有全能混到现在这样很不容易。他原是个普普通通的青年农民,开始他把目标瞄准本大队书记的女儿,海誓山盟要和她订婚,博得大队书记的好感,把他推荐进了公社。一年后又追求公社书记的女儿,并和她结了婚。从此他平步青云,由他岳父把他农转非带到乡里,从当一般干部到办公室副主任、主任、乡长,不久前又兼任了乡党委书记。他在青岭乡这块山峦小地干了快二十年,如今还真称得上是这方山区小地的霸主。

他凭着一颗脑袋两片嘴唇,既讨好了上级也笼络了下级,真是春风得意。哪料两封群众来信,像两支箭直冲他的要害刺来,他岂能不急出一身冷汗?

胡有全暗自忖道:老天爷,真他妈老子修了千年道,让这么一刷子将我彻底毁了!

经过一阵子冥思苦想,胡有全终于有了一条奇妙的主意。他立即走出办公室,对乡政府工作人员大声说:"马上通知各村组干部和全乡党员,下午一时赶到乡政府参加紧急会议。"

在下午的全乡村干部和党员紧急会上,胡有全拿着那张市报,把两封读者来信给大家读了一遍后,说:"这位敢于写信反映的汪明华同志是什么人,我不认识,但我要在这里肯定地说:就是应该更多涌现出像汪明华这样敢于大胆反映情况、监督各级干部的同志。从我胡有全来说,正如汪明华同志的信上所说:我作为一名国家干部,一名共产党员,作为人民的父母官,简直是太失职了,有愧于全乡人民群众,对不起吴大爷……"

接着他捶胸顿足抹着眼泪把自己骂了一通,也把他妻子搬出来骂了一通,还当众把检讨书和请求上级给予处分的申请念了一遍,尔后交给办公室,马上给县委、市委及报社寄去。

再下来,他严肃地宣布:"乡电管站站长刘昌余占五亩耕地修房的事,经查实是刘昌余行贿乡房管员邬为,无视国家法律受贿越权滥批造成的。现决定:刘昌余所占五亩耕地立即停工拆除还耕,并罚款两百元,并免去刘昌余乡电管站站长职务,回小溪村务农。乡房管员邬为停职待查,待把他的问题查清后再作严肃处理!"

胡有全在会上的检讨和宣布的处理决定,不但震动了所有到会者,就连汪明华也感动了。他不由暗暗埋怨自己:当初真应该先找胡书记谈谈,也许真有他不知的情况和难处。自己不该一时冲动就把事情捅到报上去。然而,他汪明华想错了,他把这人世间的纷繁复杂的事情看得太简单化,想得也过于天真幼稚了。

由于胡有全抢在县调查组到来之前作了周密安排处理,县调查组后来也没有调查出多少新情况,经县委、县纪检委研究,除免去胡有全青岭乡党委书记职务,仍任乡长外,其他的一切处理,基本上维持乡政府的处理决定。

一时间掀起的爆炸新闻,在青岭乡激起的波澜,很快便风平浪静了。此时已到双抢大忙时,地处深山的青岭乡人便一头扎进了抢收抢种的农活中。汪明华也没例外,他自那天下决心写出信后就没打算再要批宅基地,他请了两个邻居帮忙,借着原茅坑房后山坡伸出的巨石的天然岩壳,用石块在两边砌上墙,就成了一条两丈来宽的窑洞式小猪场。他又在房檐下用木棒、竹竿和稻草接搭了一个棚子,用篾笆一围,稀泥一抹,再钉上农膜,就成了简易的蘑菇房,眼下,他和全家人把全部精力投入了双抢农活中。

狡诈的报复

经过近一个月双抢大忙后,劳累的人们稍事歇息后便又各自开始寻找谋生之路,有外出打短工的,有做手艺的,而更多的则是在家搞点小副业。汪明华则一头扎进了他的蘑菇房和小养猪场里。

不久,汪明华的两头母猪产下了二十只小猪崽,他种的蘑菇头两茬采摘势头也非常好,都如愿以偿地在集市上卖了个好价钱。

汪明华很高兴,左邻右舍也为他庆贺,他的话也多了起来,同邻近的小伙子们商量着在年底办一个大的种植蘑菇菌厂和养猪场,他要在小溪村这块土地上凭着勤劳和科学,换取一个富裕的未来。

可是,就在此时,一团黑浓浓的阴云正悄悄地朝汪明华头上压过来!而制造这股阴云的头儿就是青岭乡乡长胡有全。

胡有全好不容易刚刚爬上乡党委书记的宝座,眼看便能实现全家农转非进城的梦想,却叫汪明华两封群众来信给搅得天翻地覆,要不是他头脑灵活,及时采取应急措施,检讨时还撒了点泪水,他那近二十年苦心经营的一切,真要叫一个平头百姓给彻底毁了。他气,他恨,他要想办法出这口气,他要报复!

前不久,那个因汪明华的信而被撤职回小溪村的原电管站站长刘昌余,很快就当上了村民兵连长兼治保主任。他一上任,就拿着乡治安室的通知来找汪明华,催缴他闹乡政府欠缴的三百元罚款。同时要收乡政府买汽车、建敬老院及扩建乡办公楼的摊派集资款。这两个人可是仇人见面分外眼红,没说上几句就干起仗来,最后刘昌余说了声:"你小子等着瞧吧!"就悻悻走了。

当胡有全听了刘昌余的汇报,又得知汪明华没经批准搭了小猪圈和种蘑菇房。这些虽非正式建房,但也占了土地呀!再说这私人办什么蘑菇菌厂经过批准吗?有执照吗?胡有全把这几件事加在一起一捉摸,不禁心中喜道:真是天助我也。哼哼,汪明华,你这臭小子当了几天兵、入了党就上天了?跟我斗?我看你是不知马王爷有几只眼!

初冬的一天,胡有全指令组织了一支催收队伍,并一反常态地亲自领着队伍来到了小溪村。这支队伍中,有刘昌余,还有原来的那个乡房管员、如今在乡治安室工作的邬为。

这天午后,汪明华正在蘑菇棚里接种第二批菌种,突然外面传来闹哄哄的说话声,紧接着就听见刘昌余的声音:"汪明华个杂种在家没有?缴钱来!"

王蓉和她父亲听见叫声,慌忙从房里出来,见是乡里和村上的干部们,忙搬凳子招呼他们坐,可是刘昌余说:"坐什么坐? 拿钱来!"他边说边故意一伸腿把板凳给弄翻了。

王蓉父亲问:"什么钱,多少?"

刘昌余嚷嚷说:"你老家伙别装糊涂。什么钱? 你的野种女婿有本事敢冲击乡政府打人砸东西,还欠三百元罚款! 还有几项摊派集资款,按人口平均每人八十元,你家五口人共四百元……"

他话音未落,邬为跟着说:"你现在已经超过了规定的缴款时间,我们催收队只好上门来收。你们家应交六百元,还得加收滞纳金和催收人员的误工费两百元!"

王蓉听了刘昌余刚才那不干净的言语,生气地说:"说钱就说钱,你们堂堂干部,为什么骂人,连嘴都没洗干净,没钱!"

"没钱? 嘿嘿,我看是有钱不交吧?"刘昌余盯着王蓉那怀孕后渐凸的腰,一脸淫笑道,"怕是有了野种要留着钱坐月子啰。"

王蓉气得脸煞白:"你——""我,哼! 告老子乱占土地修房,你他妈不批也修房,龟儿子的汪明华躲哪去了? 不缴钱就他妈给老子牵猪拿东西抵!"在蘑菇棚里忙着的汪明华再也干不下去了,他放下手中的活冲了出来,吼道:"老子在这! 要怎么着?"

"要你交钱,一共八百元,拿来!"

"我只给修建敬老院的款,其余款项一分不给!"

"什么——"催收队的人七嘴八舌吼开了,"你是真不给还是假不给?"

汪明华双手叉腰:"真不给!"

邬为大声吼道:"不给就给我赶猪拿东西,给我掀掉未经审批的房子!"邬为此话一出,这批人马立即动手了,有的进屋拿东西,有的去掀蘑菇棚,刘昌余直奔猪场而去。

汪明华实在忍无可忍,他声如巨雷般责问:"你们是土匪还是国民党?"这些人谁也不理他的吼叫。而转眼间呈现在他眼前的却是一幅大抢劫的场面:那进屋里的人往外扛东西被王蓉的父母拖着;刘昌余猛地推垮了猪场的石头围栏,直砸得那些大猪小猪乱叫乱窜乱蹦。王蓉急得扑上去抱住刘昌余喊道:"你不能这样做! 你……"

刘昌余淫笑着说:"哎,抱着我干什么,大白天要我跟你睡觉还是咋的? 该不会脱了裤子赖我怎么着你吧?" "呸!"王蓉气得一口唾液吐在刘昌余的脸上,"你连畜生都不如!"她愤怒地抬手扇了刘昌余一记耳光。

刘昌余吃了一巴掌,也火了。他本来就是来发泄报复的,一记耳光更激恼了他,只见他抬手一拳,随即又是一个扫堂腿,把王蓉踹翻在地,直往七八尺高的岩坎下滚去。

汪明华正冲上去阻挡那个要掀他蘑菇棚的人,突然听见王蓉的惨叫声,他,一回头,见妻子被打下岩坎,他被激怒了,两眼喷火,随手抄起一把铁铲打翻了正在掀蘑菇棚的人,又怒吼一声:"狗娘养的!"提铲一甩,朝正在掀猪场的刘昌余狠掷过去,那铁铲饱载着主人的愤怒砸进了刘昌余的大腿,刘昌余疼得大声嚎叫起来。就在此时,汪明华的头上突然遭到重重的一击,他猛地眼一黑,身子晃了几晃,"嘭"地一声倒在了地上……

官 司 打 输 了

偷袭汪明华的是邬为。混乱中,他一边高声招呼他的一帮人马:"注意自卫! 狠狠揍这臭小子!"一边抓起一根锄把,趁汪明华掷出铁铲时,猛地从背后当头一锄,把汪明华打倒在地。

汪明华醒来已是两天以后,他无力地睁开双眼,看着白色的房间,脑子里一片空白,只见他的父亲和母亲惊喜地盯着他在叫:"醒了,他醒了!"他微微摇了下沉重的头,还是记不起什么,更不知道父母为什么会在自己身旁,他问:"我怎么啦? 这是在哪,你们怎么会在这儿?"

汪明华这一问,两位老人串串泪水直淌:"孩子啊,你这是躺在医院里呀。"这时从对面床上传来了王蓉微弱的呼声:"明华、明华……"他听到呼声,扭头见自己妻子也躺在对面床上,汪明华挣扎着侧身问道:"你……她怎么了?"听他问话,房里的人都不作声了,一个个只是默默地掉眼泪。

原来王蓉那天被刘昌余的一拳一脚踹下岩坎后,送到医院的当天夜里就流产了。

不久,汪明华的脑子里渐渐有了记忆,记起了那天发生的横祸,当他得知王蓉已经流产,差点又晕了过去,他不由得仰头大喊:"我要杀死这批狗娘养的,我要报仇!我要……"他的吼声惊动了医生,惊动了他的哥嫂,他们奔了进来:"明华,弟弟呀——""哥哥——"兄弟俩紧紧抱在了一起,泪似泉涌。

如此震撼人心的场面!屋里的人们都在抽泣着,连在场的医生护士也不由泪水滚滚。

在父母哥嫂的劝说下,汪明华渐渐平静下来,过了一会,他一拳捶在床沿上,大声说:"我一定要去告他们!"

哥嫂忙告诉他:"弟弟,你就放心养好身体,我们已经上法院去告了。"听了哥嫂的话,汪明华脸上露出了一丝微笑。

可是,哥嫂哪里知道,他们毕竟没打过官司,没上过法庭,更低估了那一帮人的主使者胡有全的能量。

胡有全那天亲自带领催收队出发时就说过采取"先易后难"的方针,催收完其他村后才来小溪村,并在杨村长家吃的午饭。酒足饭饱后,他要同杨村长商量如何整治汪明华,因意见有分歧,他便借酒醉故意在村长家里睡觉,杨村长也只好在家陪着,其他人员便去了汪明华家。

当有人来报告发生了伤人流血事件时,胡有全忙从床上一跃而起,拉起杨村长急步赶到汪明华家。一看那场面,他那得到报复的快感的心一下收缩了,他感到事态严重,要真出了人命,他胡有全就是有三头六臂也捂不住这些人的嘴不会道出他来。他真恨郐为等一伙不会办事,气得两只眼球差点弹出来。他瞪着郐为直吼:"怎么把事情搞成了这样? 你真他妈的混蛋! 还愣着干什么? 还不赶快把受伤的人送医院?"他声嘶力竭地叫骂着,手慌脚乱地指挥那班人把伤者往医院送,说:"一切费用先由乡政府出,具体待以后再说!"

当所有受伤人员被抬走后,胡有全又亲自安慰了王蓉的父母,动手和郐为等人把损坏的猪圈等砌好,他干得十分卖力,干得一身汗水淋淋。这一切在旁人看来,有谁会去想到这一幕惨剧的主使者会是他胡有全呢? 接着,他又赶往医院看望伤者,并给医院作了交待,一定要尽力治疗,然后跨进派出所及法院陈诉了案由。

待忙完这一切已是夜里十一时多了,他才回到乡政府。第二天一早,他又通知事件参与人员到乡政府作审录,并统一了口径。做完了这一切之后,他回到办公室,泡好茶,往椅子上一坐,呷口茶,点燃烟,重重吸了一口,仰望着吐出去的飘飘烟雾,那张倒三角脸上露出了丝丝阴笑。

一切都在胡有全的安排之中,果真汪明华的家人到法院告的是催收队的郐为和刘昌余。时隔数日,当汪明华及王蓉伤愈出院,法庭便开庭审理此案。审理结果是:汪明华没有任何可定被告罪的人证物证,相反证明被告方属执行公事,属正当防卫的证据真可说是铁证如山。法庭审理完毕作最后调解无效时,便作出了如下裁决:原告汪明华系目无法纪和乡规民约,故意搅乱乡政府的正常办公和阻碍乡政府催收队的工作;其妻流产系本人不慎摔伤造成。原告的一切责任及费用由自己承担,其应交的款项仍必须交清。

当法庭宣布了以上裁决后,胡有全站起来代表乡政府宽宏大量地说:"造成这次事件,作为我们一级乡政府,作为我亲自带队的一乡之长来说,因饮酒过度没到场,以致酿成了如此严重的事故,惊动了法庭,作为乡政府和我本人,应承担一定的责任。请法庭把我的意见写进裁决书里,第一,这次事件中所有受伤人员(包括原、被告双方)的一切住院医疗费用,由乡政府承担。另外我私人拿出八百元分付给每位伤者,作营养补充费,以示对我工作失职的教训。第二,作为汪明华同志是一名党员,曾在部队服过役,并在我们乡做出过成绩,他的一时冲动过失也许是由于乡政府的某些同志的工作方法所致。因此,在此我个人首先决定,取消原对汪明华同志的未交两百元罚款! 对他未交款项的滞纳金也免掉不收!"

胡有全的这段发言既大度又得体,别说是法庭内的所有人,就连那许多站在外边的旁听者也为之感动,还不由自主地鼓起掌来。

此时,汪明华气得浑身直抖,这回遭到打击报复不说,这场官司也输了,输得很惨,还要接受人家的大恩大惠。多么狡诈阴毒的胡有全啊! 汪明华此时才真正体会到这大千世界人情世事险恶的滋味。

获 证 再 上 告

在父兄的搀扶下,汪明华走出法庭,一走进家门,他便一头扎在床上,又像一个饱受委屈的孩子放声"哇哇"大哭起来,边哭边双手直扯自己的头发,喊道:"我恨! 我恨呀……"接着翻身仰盯着房顶发疯般的哭叫:"为什么——为什么我就没有证据,就没人能给我作证? 为什么——"

天黑了,汪明华独自哭嚎了一阵,渐渐睡着了。不知过了多久,他醒来了,忽然听见有个女孩子的声音传了进来:"王伯母,王姐,明华哥在家吗?""哎呀!是杨丽丽呀,你怎么来了?你找明华有啥事吗? 明华,明华,有人……"

汪明华听见叫声忙翻身下床,刚要跨出睡房,只见妻子和杨村长的女儿杨丽丽已经进了屋里。

江明华发现杨丽丽手提一架收录机放在桌上,惊奇地问:"你这?"杨丽丽没有回答,而是问汪明华:"听说你们这次官司输了,是吗?"汪明华长叹一声:"唉! 不但输了,还输得很惨!"

杨丽丽又问:"你还敢再打官司、想打赢吗?"汪明华听了此话,怔怔地盯着面前这位十四五岁女孩好一阵子,才说:"我当然想赢! 不但想赢,而且还希望党的威信、国家的法律在青岭乡不被践踏。可就苦于没有证据,没有人能给我汪明华作证!"

听汪明华这么说,杨丽丽从贴身衣兜里掏出一盘磁带,说:"我爸说这就是铁的证据,叫我给你送来。不过有条件:一、不准泄密;二、我爸说了,希望你敢把官司打到底,直至胜利。叫你不要再上区法庭,要上市、省纪检委去,上中、高级人民法院去!"汪明华惊奇地问:"你、你这算什么证、证据啊?"于是,杨丽丽就给汪明华讲起了这盘磁带的原委:

原来,那天胡有全领着催收队伍来到小溪村杨村长家,吃过午饭,就叫杨村长和其他几个人到另一房间里商量事情。正好这天是星期日,杨村长的女儿丽丽正在房里放着录音带学英语,一进房里,胡有全就对丽丽说:"小孩子家出去,大人们要谈点事。"丽丽见胡有全那副面孔和神秘的样子就不高兴,于是,她便多了个心眼,想知道他们要谈些什么,就随手按了录音钮,然后用一条毛巾盖着,走到门口回头说:"别弄我的录音机,我那全是学英语的磁带!"

就这样,这盘磁带就录下了胡有全同人商量要如何惩治汪明华的言语,也录下了杨村长反对他们的意见而发生的争执,以及杨村长出去后胡有全对刘昌余、邬为等人作的吩咐,包括他胡有全要装酒醉、故意先不到场的安排等等。

后来,当丽丽听说汪明华家出了事,待大人们都不在家时,她特地听了录音,吓出一身的汗水。她连忙把这盘磁带藏了起来,直到今天下午放学回家,看见父亲在屋里大发脾气骂人,又听到刘昌余家在大放鞭炮庆祝,丽丽终于明白父亲为何发火骂人,于是就拿出磁带放给父亲听,当父亲的杨村长听后乐得抱起女儿就地旋转了几圈,激动得流下了泪水,说:"我的好女儿呀,真有出息!"

丽丽一席话,听得汪明华惊喜得双手直打颤,他把磁带放进了录音机里……

第二天一早,汪明华刚起床,那天他和妻子在石河村避雨遇上的吴大爷就颤巍巍地来找他。向他诉说胡有全的妻子谋害他的事。接着,村里邻近几位目睹那天事情的大爷、婶子也来了,他们知道汪明华的官司输了,而且输在没人作证,于是就连名写了证词给送来,支持汪明华再度上告。吴大爷拍着汪明华的肩说:"孩子,不要怕,有理就不认输,一定会有清官惩治这些恶人的!"

眼前这情景,让汪明华感动得两眼热泪直滚,他"咚"的给大家跪下了,说:"谢谢,谢谢你们!"

"快起来,快起来,谢谁呢? 我们还真盼望你像上回写信那样,为咱们出口气嘞!"

早饭后,当一轮红日冉冉升起,汪明华怀里揣着这些重如千斤的铁证,肩负着乡亲们的期盼和自己的一腔热血,踏上了上告的征途……

(农 夫)

当自己决心办一件事情时,要坚决办到底,不可有任何畏缩情绪。

怒砸校门

开门打恶狗

　　江南有个双荷乡，乡镇上有所中心小学。可是，这所学校的大门紧闭，还用木条钉得死死的，几百个师生只能从那又狭又脏的侧门进进出出。这真是一件天下少见的稀奇事！是谁不让社会主义学校开大门呢？是住在学校对面的林阿贵。

　　说到林阿贵，本是小镇上一个无业居民，此人三十上下，光棍一人，平时游手好闲，惹是生非。大前年，他鸿运高照，他那杳无信息的伯父林瀚云突然与他接上联系，这位林瀚云乃是马来西亚一家有着亿万资产的实业公司总经理。年逾古稀的林瀚云苦于身边无儿无女，便想起国内的侄子林阿贵，意欲叫他继承林家产业，就几次写信给双荷乡政府，诉说了自己多年的苦衷和愿望，拜托乡政府多照顾林阿贵，并汇来五十万巨款支持家乡，聊表思乡之情。

本来就不务正业的林阿贵，突然有了这么个硬靠山，从此更加胡作非为，有恃无恐。他养了条半人高的狼狗，成天虎视眈眈地瞪着学校大门，见了学生就汪汪吼叫，还先后咬伤了多个学生。林阿贵见了不但不加阻拦，还哈哈大笑，以此取乐。

老校长气得去找周乡长，周乡长苦笑着说他早已找过林阿贵，劝他杀掉狼狗，可林阿贵却把脖子一拧，说："不要得了好处忘了恩，没有我林阿贵，你们能拿到我伯父五十万钞票吗？哼，要我杀狼狗，除非石臼浮水面，红菱长树梢……"周乡长还说，最近又接到林瀚云的来信，说他半年后要回乡洽谈办合资企业事宜，愿意为家乡起飞资助三百万，并再三要求乡政府照顾好他的侄子林阿贵，一旦回乡办好手续，立即让林阿贵赴马来西亚继承林家产业。周乡长最后说："老校长，你的心情我们理解，可乡里也没法子……老校长，请你为我们这个穷乡忍一忍吧，林阿贵一走，事情就过去啦。"

老校长气愤地责问："周乡长，如此说来，只能放任林阿贵的恶狗天天咬学生？"

"不，不是这个意思……"周乡长在办公室里踱了几个来回，看着白发苍苍的老校长，迟疑了半天，才用无奈的口气说："老校长，办法只有一个了，把校门暂时封起来，另外开个侧门……"

老校长胸口一阵剧痛，好一阵才喘过气来。

第二天，乡政府派来两个工人，"乒乒乓乓"把校门钉死了。老校长落泪了，教师落泪了，学生"呜呜"哭了。为此，老校长心脏病发作，一纸报告病休在家，无颜再回学校。

学校不能没有校长，一个月后，教育局从县里派来一位新校长。

新校长叫刘文青，二十六七岁。他一到学校，看到被封的学校大门，双眉皱成疙瘩，问身旁的教导主任。教导主任长叹一声,把事情的来龙去脉说了。

刘文青听了,浑身血涌,眼睛瞪着被木条钉死的校门,紧握拳头,猛地一挥,转身对教导主任说:"只要我刘文青在这儿当校长,我非把这扇校门打开不可!"说完,头也不回地向乡政府走去。

刘文青找到周乡长,周乡长以教训的口吻说:"小刘校长,你懂什么?我们是县里出名的穷乡,好不容易碰上一个财神菩萨,你刚刚到任,就想横戳一枪,想到过后果吗?告诉你,你若有办法给乡里搞来几十、几百万元,我同意你马上打开校门,若搞不到,少给我捅娄子!"

刘文青被训得半天透不过气,默默回到学校,整整一个晚上没有合眼。第二天一早,他走到大门口,举起钢钎,塞进木条,只听"咔嚓咔嚓"一声响,根根手臂粗的木条撬断了。

响声惊动了已经陆续进校的师生,"呼啦啦"一齐围上来。教导主任大吃一惊,急忙拦住刘文青说:"刘校长,不能莽撞,没有周乡长的同意,门不能打开。"

刘文青说:"吴教导,这儿没有你的事,你带学生走开!"

"刘……刘校长,你要三思呀!"教导主任苦苦劝道,"你年轻,有前途,千万不要为了这件事葬送了自己!"

"吴教导,谢谢你的好意!"刘文青动感情地说,"可我是校长呀,看着钉死的校门,对得起学生吗?对得起双荷乡的父老乡亲吗?吴教导,这件事我仔细考虑过了,我不牵连任何人,你不要再阻止我了……"说着,又举起钢钎,撬下最后一根木条,只听"哗啦"一声,关闭了一个多月的两扇校门响着"嘎嘎"声音,慢慢打开了。

顿时,孩子们眼含泪花,拍着小手,跳着,欢呼着:"校门开啰,校门开啰!"

就在刘文青擦抹额头上的汗水时,只听"汪——"的一声,一条毛色火黄的大狼狗从林阿贵屋里蹿了出来,箭一般直射刘文青。

教师们吓得直往后退,孩子们吓得"哇哇"直哭。吴教导感到心里发毛。说时迟、那时快,眼看狼狗就要扑到时,别看刘文青模样斯文,可他从小学过几路拳脚,见狼狗张牙扑上来,骂一声:"畜生,你的死日到了!"他不慌不忙轻巧地让过狼狗,甩掉手里的钢钎,等那狼狗掉过身狂叫着再次扑过来时,他又轻轻一跳,躲了过去。狼狗见两次扑空,顿时兽性大发,跃身蹿到半空,张牙舞爪压下来,刘文青机敏地把身子一缩,狼狗又一次扑空。它的脑袋恰巧落在刘文青的膝前,只见刘文青"嗨"的一声吼,好似武松打虎,一把揪住狼狗头皮,使劲一按,狼狗被按了个嘴巴啃地,刘文青抽出右手,"咚咚咚"一连打了十几拳,这条恶贯满盈的狼狗被打得七窍流血,四肢一蹬,死了。

"嗬,狼狗打死啰,狼狗打死啰!"

教师在欢呼,学生在欢呼,连校门口的街坊邻居也在欢呼。人们欢呼刘文青为学校、为小镇百姓除了一害!

本来在一旁助战的林阿贵,眨眼间见自己的狼狗一命呜呼,急得眼珠子崩出血来,他没想到,一个教书匠竟敢打死他的狼狗,简直翻天了!他操起一把雪亮的菜刀,冲过来狠狠向刘文青劈来。

在场的教师、学生、居民见了,都"哎哟"惊叫起来。

刘文青愣了愣,想不到这个无赖还是亡命之徒,再一想,今天不治服你,还待何时?刘文青头一昂,既不躲,也不退,而是闪电般的一掌把林阿贵劈下来的菜刀从斜刺里劈出丈把远,而后笑呵呵地说:"林阿贵,行凶杀人是要犯法的,还是罢了吧!"

林阿贵哪肯罢休,又抓起地上的钢钎,嚎叫着向刘文青砸来。刘文青不让不避,只用臂膀轻轻一挡,钢钎就"当"弹了回去,只听"扑"一声,那钢钎不偏不倚,正好弹到林阿贵前额,痛得他跌倒在地，双手抱头"哇哇"乱叫，接着伤口涌出血来。

林阿贵双手抱头，杀猪似的大喊："杀人啦，教书匠杀人啦！"

刘文青连瞧都没有瞧他一眼，转身对老师和学生们说："进教室上课去，日后再有恶狗挡道，我刘文青定然奉陪到底！"

难坏老乡长

刘文青严惩恶棍，为学校除害的事，在小镇不胫而走，小镇百姓无不拍手称快。可是，这消息传到周乡长耳朵里，震得他目瞪口呆。他刚刚接到县政府外办的电话，说林瀚云已从马来西亚飞抵香港，不日就可到乡里。可眼下……万一林阿贵恶人先告状，林瀚云又偏听偏信，乡里的合资企业不就泡汤了？他急得站也不是、坐也不安，嘴里连连叫着："刘文青啊刘文青，我的一盘棋全叫你砸了！"但光恼恨有什么用，当务之急是在林瀚云未到乡里之前先稳住林阿贵。怎么稳？他苦思苦想，终于想出了一个办法。他拎起电话，叫来了刘文青。

刘文青进门见周乡长立在窗口，办公室里一团烟雾。他知道叫他来一定是为打开校门的事。他早已作好了挨刮挨剋的准备，他叫了一声："周乡长！"

周乡长转过身，一脸怒气地说："小刘校长，你好痛快呀，一拳一脚，唏哩哗啦的全给砸啦！你想过没有，你痛快，你逞能，我可是船头上跑马，走投无路啊！"

刘文青没有坐下，坦然地望着周乡长，说："周乡长，我对不起你，但是，在这件事，我没有错。作为一个校长，难道不应该保护自己的学生吗？"

周乡长说："我早给你说过，你的一举一动不在于打开不打开校门，而是牵动着全乡老百姓的利益。你砸的是几十、几百万的钞票呀！我的小刘校长，你知道不知道，林阿贵的伯父林瀚云三天后到乡里来,目的就是办合资企业,这是关系到我们乡腾飞的大事,你这么一砸,如果林阿贵添油加酱向他伯父告恶状,人家会拱手给你钞票呀?"

刘文青还是倔强地站着,说:"周乡长,我认为,如果林瀚云真有爱国之心、爱乡之情,那么,只要我们把事实真相给他说清楚,他对自己侄子的胡作非为一定会深恶痛绝;如果他认为自己的侄子不算错,周乡长,我们拿这种人的钱,手不觉得烫、面孔不觉得热吗?"

一听这话,周乡长的脸上像给火燎了一下。他用手指把烟头使劲掐灭,抖了几下嘴巴子,而后转过身,望着窗外。刘文青看着乡长这神情,他突然感到,周乡长难道是为自己吗?他肩上压着全乡几万人的吃住穿呀!这么一想,他意识到自己这么一冲动的后果严重了,心里不由涌出一种内疚和不安。他望着周乡长瘦削的双肩,动了感情,放低了声音问:"周乡长,我承认我的行动有欠妥的地方。现在,我能帮你做点什么?尽量挽回影响……"

周乡长猛地转回身,走到刘文青跟前,双手重重地压在他的双肩上,眼神里对他充满希望地说:"小刘校长,办法只有一个,我陪你一同登门,向林阿贵赔礼道歉!"

一听这话,刘文青胃肠一阵绞痛,像吞进苍蝇蛆虫一样恶心,感情失去控制,朝周乡长大喊道:"我……我一个堂堂的人民教师、小学校长,去向一个曾经伤害过自己学生的无赖恶棍赔礼道歉?万万办不到!"

周乡长一点也不激动,可他眼睛里射向刘文青的似有股不可抗拒的火焰,像在战场上一样,下了死命令:"小刘校长,这一点,办得到要办,办不到也要办!"

刘文青同样眼睛里喷着火,四目相对,毫不相让:"周乡长,别的事我都肯干,这件事,我不会,也不愿意!"

"你……"周乡长狠狠一甩手。他暴怒了,他恨不得狠狠揍刘文青一拳。但当他一看到刘文青眼睛里含着不屈的眼泪时,他浑身一阵收紧,手无力地垂下来。他被刘文青浑身上下透着的那种大义凛然的气质深深折服了。可是,他又不得不重新把手按到刘文青肩上,深深叹一口气,神情似乎一下子苍老了许多,胡子拉碴的像个乡下老头。他眼睛红了,无可奈何地说:"小刘校长,我从心里佩服你。但我不得不恳求你,因为我是乡长,是全乡百姓的父母官,我有说不出的难处呀……"

"啪"刘文青含在眼眶里的两滴泪水掉了下来:"周乡长,我、我听你的!"

当天,周乡长同刘文青买了水果,跨进了林阿贵的家门。

林阿贵冷笑着问:"周乡长,刘校长,我是双荷镇上的无赖、恶棍,你们来干什么?"

周乡长把水果放到桌上,赔着笑脸说:"阿贵啊,我陪刘校长来向你赔礼道歉的。"

"嘿嘿,怎么个赔礼道歉呀?"林阿贵双手交叉抱着双肩,斜着眼睛看着刘文青,"一个大校长,不怕失你的大面子、大身份?"

周乡长朝刘文青使使眼色,刘文青憋着口气,脸上挤出的笑比哭还难看:"林阿贵,我伤了你,我错了,我向你赔礼道歉。"

"哈哈,"林阿贵弹出眼珠,"怕是我伯父要回来了,又想捞上一把吧,是不是?既然你有打开校门的勇气,别来找我呀,大校长,你的志气哪儿去了?"

"你……"刘文青实在受不了林阿贵这个无赖的嘲弄,脖子一下涨得血红,但被一旁的周乡长暗暗狠狠捏一把,他只得把蹿上心头的火硬压下去,说,"林阿贵,我赔礼道歉是真心的,你是双荷乡的人,希望你伯父回来之后,不要干扰他同乡里洽谈合资企业的事。你该为全乡父老乡亲积点德!"

"好,痛快!"林阿贵伸出两条胳膊,"看你说话是真心,我也提两个条件,第一,你必须赔我一条正宗狼狗;第二,你必须在最短时间内离开双荷。我不想看到一个杀死我狼狗的校长再出现在我眼前!"

刘文青反倒冷静了,沉下脸说:"第一条,我决不同意,以后任何人当校长,也不会同意的;第二条,我可以答应你,只要上面一声令下,我明天就可以卷起铺盖离开!"

刘文青说罢,头也不回,转身离开了林阿贵家。

忍 辱 陈 原 委

三天以后,林瀚云果然在县外办主任的陪同下,驱车来到双荷乡。林瀚云满头银丝,步履蹒跚,拄根红木拐杖,刚刚在乡宾馆安顿好,他第一句话就向周乡长要求:"我要马上见到侄子林阿贵,关于合资企业,以后再谈。"

见林瀚云急切要见侄子,周乡长暗里叫苦不迭:三天前自己和刘文青到林阿贵家里谈砸了。他恼恨得牙龈肿胀,饭不能嚼,现在,唯一的办法是不能让林阿贵同林瀚云见面,必须先叫刘文青来把事情真相讲清楚,也许,真如刘文青所说,能挽回局面。林瀚云见周乡长迟迟不言,起了疑心,颤巍巍拄着拐杖从沙发上站起来:"周乡长,我侄子阿贵怎么啦? 他……他出什么事了?"

"不……不不,"周乡长连忙赔笑说,"他很好。只是前些日子偶与人争,破……破了点皮……"

"什么?"林瀚云手捂胸口,"这是同谁……谁?""是……是同一个刚刚接任的小学校长。"

一旁的外办主任不明就里,气愤地说:"是校长? 他更应该懂得我党对侨胞的政策,简直是乱弹琴。周乡长,这件事一定要严肃处理。"

林瀚云吃力地摆了摆手,坐回沙发,微微闭上眼睛:"周乡长，别的不要说了，快把阿贵找来。"

周乡长脑门突突跳。眼下，这面是万万不能见的，他就硬着头皮在和林瀚云周旋："您侄子一点小伤，您老放心，您一路奔波，太累了，先歇下，养养神……"

林瀚云勉强点点头。周乡长正要想去打电话叫刘文青，想不到门"砰"的一声被撞开，奔进来个头缠纱布、污血斑斑、衣着破破烂烂、眼睛血红血红、活像从街头垃圾箱里拖出来被人打了一顿的小偷。他"扑"的一声在林瀚云跟前跪下，放声大哭："伯伯，你侄儿遭恶人欺侮，被打得头破血流，你要为我作主啊！"

周乡长和外办主任大吃一惊，来者正是林阿贵，而且竟然把丢了的血染纱布又缠到了头上。这下子全砸锅了！

林瀚云见侄子这等模样，感情上哪接受得了？联想到刚才周乡长的支吾神态，血压骤然升高，"啊呀"一声失去了知觉……

林瀚云在小镇医院住下，乡政府要派人服侍，都叫虎视眈眈的林阿贵轰了出来。周乡长急得日夜团团转，他把事情的来龙去脉同外办主任说了后，外办主任倒也为刘文青的正义所打动。但是，这毕竟有点因小失大。经过商量，采取两个措施：第一报县教育局批准，撤去刘文青校长职务，调离双荷乡，到乡下任教；第二，由刘文青亲自来医院向林瀚云说清楚事实真相，以图事情有所转机。对这样的处理，周乡长也是不得已而为之。

当刘文青听了处理意见，望着急得肿了半边脸的周乡长，紧握住他的手，感情冲动起来："周乡长，我理解你，我真不该为你添这么大麻烦，我愿意接受组织上对我的任何处理，我只要看到孩子们能平平安安、高高兴兴上学，我就高兴了……"

刘文青同周乡长来到医院，走进林瀚云病房，林阿贵挡住说："喂，姓刘的，你该走啦，还来干什么？"

周乡长把刘文青领到林瀚云病榻前，作了介绍。

林瀚云睁开眼睛，见面前站着一个文质彬彬、眉清目秀的青年,他怎么也想象不出,这样的青年会干出伤害自己侄子的野蛮行径,不觉阴下脸说:"年轻人,你怎么能动武呢?什么事不能商量解决?难怪国外有的宣传说大陆青年不讲文明,不讲理性,看来……"

周乡长见刘文青一下涨红了脸,怕他忍不住,急忙接过话头说:"林老,请息怒,是我们乡里教育不当,才发生这件令人痛心的事,我们深感内疚,还望林老海涵。"说罢,转头对刘文青说:"还愣着干什么,快向林老认个错!"

认错?怎么认错?刘文青直直地站着,违心的话实在讲不出,他只想立刻把事实真相告诉林瀚云。但是,他刚要开口,林瀚云见刘文青脸上丝毫没有认错的意思,本来有点平息的火又蹿了上来:"年轻人,你太不懂情理了,是你无理伤害了我的侄子,难道要我这个古稀老人向你认错不成?"

林阿贵得意地瞟了刘文青一眼:"哼,打狗也得看看主人面!"

刘文青以最大努力,克制着自己的感情,对林瀚云说了那天开门打狗的事。谁知林瀚云摇头不信,说刘文青打了人还来编故事哄他。

周乡长见无法解释,只得强忍气恼,带了刘文青走了。

两人一走,林瀚云摇摇头,痛苦地闭上眼睛,禁不住流下眼泪,嘴里喃喃说道:"看来,做了几……几十年的家乡梦,都……都是一场空。阿贵,我们还是早……早点离开吧!"

挥泪留英才

几天后,做了不满半个月校长的刘文青,背着和来时一样简单的行装走了,和他并肩走的是手拎一只网线袋的吴教导,缓缓出了学校大门。刘文青正式接到调令,到一个偏僻的农村小学当教师去了。他的后面整齐地跟着一大群送行的学生和教师，他们谁也不出声，但他们眼睛都红红的。

听说刘文青要调离双荷，小镇街道两旁站满了人群，他们都用敬佩的目光、无声的语言为刘文青送行。刘文青身披阳光，面露微笑，向街道两边的父老乡亲们致谢。师生们送了一程又一程，谁也不肯回去，刘文青被这深深的情意终于感动得止不住眼圈一红，掉下泪来。

突然，他看到不远的地方站着三个人。一边是林阿贵，一边是个十一二岁的小姑娘，两人搀扶着林瀚云当街走来。风把林瀚云的白发吹乱了，他那瘦削的身子摇摇晃晃。一旁的林阿贵满脸杀气，充满着胜利者的满足与嘲讽。

吴教导一见这架势，不由一惊：他们拦着要干什么。他再看看那个小姑娘，是自己学校的学生，她为什么要站在林瀚云旁边？吴教导愤怒了：刘文青被你赶走，现在他离开了，你们伯侄还不肯放过他，真是欺人太甚！他想如果再有不测，我拼了二十年的教导不做，也要保护刘文青。于是，他急步走到刘文青前面，用自己的身体挡住刘文青。

后面的孩子和教师也呼啦啦围过来，想护住他们已经离任的新校长。可是，刘文青拨开孩子和教师，一步一步朝林阿贵和林瀚云走去。

小街两旁的人们都用鄙薄和气愤的眼光瞪着林阿贵和林瀚云，眼前的场面，没有人组织，也不需要导演，却演出了一场人间正剧。

周乡长气吁吁赶来，一看这紧张气氛，急忙插进双方对峙的中间地带，以防再出现难以挽回的不测。

林瀚云走近刘文青，一手紧紧抓住小姑娘，一手猛地把紧靠在身边的林阿贵推开，充满暴怒地喝道："畜生！你……你给我向刘校长跪下！"

林瀚云这一举动，把在场的人震慑了，林阿贵吓得傻了似的，呆呆地站着一动不动。林瀚云又举起拐杖，吼道："畜生，听见没有？跪下！"

林阿贵见伯父拐杖当头砸下来，吓得腿一软，"扑"在刘文青跟前跪了下来。又回过头，惊恐地瞪着眼睛问："伯伯，你这是为……为什么？"

"畜生，你听着，"林瀚云说，"我几十年在外风风雨雨，拼死拼活为什么？还不是为报家乡养育之恩，为我中华自立于世界之林……可我做梦也没想到，我们林家出了你这个不争气的孽种！"

林阿贵还要犟嘴："伯伯，我阿贵一直安分守己，没有干什么坏事啊！"

"畜生，你还要哄我？"林瀚云把身旁小姑娘的裙子撩起来，她大腿上有一块触目惊心的伤疤。林瀚云喝问："畜生，这是什么？"

周乡长和刘文青一看，很快就明白，这是被狼狗咬的伤疤。小姑娘含着泪水，对林阿贵说："被你狼狗咬伤的同学有十几个，那时候，我们都吓得不敢上学，多亏刘校长打死了恶狗。可你对刘校长反咬一口，还要逼走刘校长……"

原来，这些日子，林瀚云虽然在感情上希望自己侄子不会是个为非作歹之徒，但是，理智上又非叫他冷静思考和仔细观察不可。昨天，他一个人拄了拐杖，独自在双荷街上行走，可是走到哪儿，人们都对他态度很冷，侧目而视，一点感觉不到阔别几十年的浓浓乡情。他感到困惑。他想：我给家乡捐了那么多钱，我对家乡的爱是真挚的，可为什么换来的却是乡亲们如此的冷漠？他很伤心，也很失望，但又不死心。他走到一处，见一群小女孩在快乐地跳橡皮筋，边跳边唱，活泼可爱极了，于是就颤巍巍走了过去，谁知一群小女孩一见他，"轰"一下四散跑了。他的感情受不了了,伤心加急,一个趔趄,摔倒在地上。这时,一个跑在后面的小姑娘怔了怔,还是走过来,把他搀扶起来。他扶着小姑娘,老泪纵横地问:"小姑娘,你们为什么要躲我,我也是双荷人啊……"小姑娘猛地撩起自己的裙子,眼泪簌簌而下,说:"爷爷,你看!"

林瀚云一看小姑娘大腿上的伤疤,顿时惊得心里发毛,忙问:"快告诉爷爷,是谁伤害了你……""是林阿贵养的那条狼狗……"

林瀚云顿觉眼前一黑,差点倒下去。他明白了,一切都明白了。老人痛心疾首。为了教育侄子林阿贵,也为了挽留即将调离的刘文青,他今天找到那个小姑娘,赶到了这儿。

林瀚云上前一步,紧紧握住刘文青的手,老泪纵横地说:"年轻人,多有骨气的年轻人! 我明白了,一个民族要崛起,光有钱不够,更需要像你这样的年轻人啊! 我这趟回来,见到你,值得,值得啊!"

他用拐杖点着林阿贵,恳切地对周乡长说:"周乡长,这个不争气的畜生,我差点被他骗了。我这次不能带他出去了,我现在把他交给你,交给乡里父老,他如果再惹是生非,你们怎么处理就怎么处理,我林瀚云没有意见。我只求你们把他教育成像小刘校长那样的人……"

刘文青激动地握着林瀚云的手,说:"林伯伯,我……我误解您了。"

林瀚云说:"老夫惭愧啊,你不能离开双荷,孩子们需要你……"

周乡长重重吁了口气,心里的石头落了地。

在周乡长和刘文青的搀扶下,林瀚云在街道两旁群众的热烈掌声中,朝乡政府大院走去……

(徐凤清)

勇士的榜样带动着胆怯的人一起前进,只要一个人表现出大无畏的精神,他的榜样,就能使他周围的人们心头燃起勇敢的火炬。

空中拼搏

歹 徒 劫 客 机

　　八月中秋前一天的夜间,沿海某国际机场上,一架美制波音747客机呼啸而起,直插云天。它如一支银色利箭,往广州方向飞去。客舱里旅客们欢声笑语,空中小姐穿梭在通道里忙来忙去,更增添了和谐而活跃的气氛。

　　在客舱的第八排 A、B、C 座位上,坐着三个年轻人。一个身材高大、相貌英俊,他叫尹雄;另一个身材矮瘦,蓄有很显眼的小胡子,他叫刘军;他俩中间坐着的是一位港澳华侨打扮的妙龄女子,她叫叶楚云。这三个年轻人,似乎不像其他旅客们那么活跃,他们默默无语,闭目养神。在飞机升空 15 分钟后,只见叶楚云用手按揉着肚子,弯起了纤细腰肢,蹙起了细长的叶眉,苦着脸向身旁的尹雄细声说:"阿雄,我、我的肚子痛。"说着她用双手用力按揉着肚子,揉了一会,有气无力地说:"哎哟,阿雄,我我受不了了,我想拉肚子了。"

尹雄站起来说:"那我扶你到洗手间吧!"他搀扶着叶楚云,一步一步慢慢向前舱的洗手间走去。

他俩一到洗手间门口,看到飞机前舱与客舱之间有一道墨绿色的布帘,两人迅速使了一个眼色,一挑布帘,闪了进去。

一进前舱,尹雄快速解开了西装上衣的纽扣,露出绑在腰间的两个炸药包,拉出两尺多长的拉索,把端点的一个小铁环套进左手的食指上,接着右手从西装内袋里抽出一支小手枪。叶楚云肚子也不疼了,她伸手从套裙里掏出两支小手枪,一手一支,动作娴熟得惊人。

眨眼间,他俩面露杀机,迅速往驾驶室走去。尹雄用肩膀顶了顶驾驶室的门,门却纹丝不动,他毫不迟疑地扬起手枪柄,向驾驶门的小玻璃窗猛力敲去。只听"哐啷"一声,玻璃碎了,紧接着三支手枪同时从破洞里指向驾驶员,尹雄用阴冷的声调发出命令:"开门!快开门!"

正在机舱里聚精会神工作的驾驶员邓翔和两位机组人员,听到"哐啷"一声猛地吃了一惊,当他们刚反应过来,三支手枪已从玻璃破洞伸了进来。邓翔暗叫一声:飞机遇劫!

"快开门!"尹雄隔着玻璃窗粗暴地吼叫着,"再不开门我就要开枪了。"

邓翔没有回答,但他马上用英语向广州白云机场发出了"飞机遇劫"的呼叫。

尹雄见了又气又急,他脸露凶光,声嘶力竭地怒吼道:"不准发报!快开门!你再不开门,我就要你机毁人亡!"

一听机毁人亡,邓翔的心颤抖了。他本是个宁折不弯的倔强汉子,面对小手枪的威逼他毫不足惧,但驾驶着这架价值几千万元的飞机,机上两百多名旅客的性命就掌握在自己的手中,一旦暴徒狗急跳墙,后果不堪设想!邓翔只得强压怒火,对驾驶舱的两位同伴说道:"把舱门打开。"

舱门一开,尹雄和叶楚云冲了进去。尹雄用手枪顶住了邓翔的脑袋,叶楚云背靠舱壁,立定马步,一手一支手枪分别指着另外两名机组人员,尖叫着:"快滚出去!"而那两位机组人员却纹丝不动,只是用愤怒的目光无声地与她抗衡着。尹雄一见这架势,大声喝道:"你们不出去,我就拉线了。"

邓翔侧过头,一眼瞥见尹雄腰间捆绑着的炸药包和他食指上扣着的引爆小铁环,他拉了拉驾驶杆,对同伴说:"你们先出去。"

两位机组人员刚走出驾驶舱,尹雄向叶楚云一甩脑袋,叶楚云立即点了点头,手持双枪也跟了出去。

尹雄见劫机已按计划初步得手,脸上露出了得意的笑容。他用手枪敲了敲邓翔的头,说:"老兄,打扰了。希望你与我们来一个合作。"

邓翔手握驾驶杆,斜睨着对方:"怎样合作?"

"飞往台湾!"

"台湾?"邓翔的心又是一个颤抖。他没立即回答,他的大脑在翻腾,在盘算着如何粉碎歹徒的劫机阴谋。过了好一会,他故作探询地问道:"到了台湾,我怎么办?""我们在台湾下机后,你的留去,任君选择。""旅客呢?""只要我能到达目的地,我不会轻易伤害人质的性命的。但是你们若想反抗,其结局只有一个,就是我与你们一起机毁人亡。""我希望你能言行一致。""那当然!"

几乎就在这短暂谈判的同时,邓翔推了推节流阀,拉动了驾驶杆,客机在空中转了一个大弯,盘旋了几圈后,向着新航向飞去……

女客遭残杀

再说,当客舱里的旅客们,听到从驾驶舱传来玻璃被敲碎的"哐啷"声时,都不由为之一怔。领班的空中小姐徐小曼立即知道飞机发生意外了,她急忙朝驾驶舱奔去。谁知刚走出几步,突然听到身后传来一声吆喝:"站住!"徐小曼不由自主地停住了脚步,回头一望,只见第八排的 C 座上,站起了一个矮瘦的小胡子,他黑色西装敞开着,腰间捆绑着两个手榴弹式的炸药包,左手食指上套着引线小铁环,右手拿着一支锃亮的小手枪。

原来,小胡子一听到前边传来"哐啷"声,知道两个同伙已经行动,他也按事先约定,立即开始策应行动了。此刻,他见旅客们都把目光投到自己身上,便挥了挥手中的小手枪说:"我们劫机了!谁动就杀谁!"小胡子说完就走出 C 座位,来到前舱,占据了有利地形,然后声嘶力竭地嚷道:"我们要劫机去台湾!我身上的液体炸药包一拉就爆炸。反抗者格杀勿论!"

面对这突然袭击,身分不同的男女旅客各自作出了不同的反应:有的惊得脸无人色,有的吓得哭了起来,有的则以愤怒的目光盯着这个像疯狗一样的小胡子。

这时,叶楚云押着两位机组人员从驾驶舱里走了出来。她凑近小胡子,小声地说道:"里面已经得手了。"小胡子一听,心里一阵狂喜:劫机已按预定方案得手了第一步,现在必须要施行第二步了。于是,他便让客舱里的所有旅客重新分列就座。

小胡子在前舱背靠舱壁,立定马步,左手举着炸药包的拉弦,右手持着手枪,瞪着那双绿豆眼不停地在人群中扫来扫去,审视着可能出现的疑点。叶楚云手挥双枪,强迫旅客重新坐好。最近舱前的一律是小孩子,中间全部是妇女,所有男人都被安排坐在客舱的最后面。小胡子认为:这种重新分开组合的做法,可以把自己遭到袭击的可能性减到最小限度。一旦有变,起码有几排幼稚无知的小孩可以作他们的缓冲区。

等旅客们重新排座后,小胡子挥舞手枪,恶狠狠地宣布道:"不准擅离座位,不准交头接耳,否则杀!"

这时,客舱的男人堆中,有个年约二十五六的青年,正两眼微眯着盯着小胡子。此人个子不高不矮,身穿花格衬衣,外面是一套浅灰色的西装,右手放在西装衣袋里,手里也握着一支小手枪。他便是本航次班机护机便衣,名叫韩星。当小胡子站起宣布劫机时,韩星就想拔枪击毙他,但一看到小胡子左手扣着炸药包的拉索又犹豫起来,他觉得弄不好,炸药包一响,其结果就不堪设想,而且劫机者又是三个人!怎么办?韩星两眼盯着小胡子,脑子里好似陀螺在快速旋转着,却一时还落不到最后一个点子上。

韩星在苦想,旅客们也各自作出了自己的判断和反应。不少人都把目光的焦点聚集到歹徒们那几支小手枪上,脑子里打着问号:这些手枪是真的还是假的?这个问号在空中小姐徐小曼的脑子里就更具体了,她怔怔地想:那次厦门至广州的航线上,两个劫机者用的就是假手枪。如今,这三个歹徒会不会再重演假手枪的戏呢?如果劫机者这次用的也是假枪,炸药也是假的,那只要有人一声号令,全舱的旅客就会一拥而上,把他们砸成肉酱。

但是,面对三个黑洞洞的枪口,人们是不允许交头接耳、交换各自看法的。坐在边角有一位旅客按捺不住内心的疑惑,偷偷地撕了日记本上的一页小纸,用圆珠笔在上面写了几个字:"真枪?假枪?"顺手塞给了身旁的中年人,中年人看了一眼后,又传到旁边去。纸条,在人丛中无声无息地传递着,各人的脑袋里都飞旋着这同一个问题。

谁知这细微的动作仍被狡猾细心的小胡子发现了。他瞪大了绿豆眼喝道:"后边的人,在干什么?"

人丛中的小动作停止了,大家都沉默着。

小胡子叫叶楚云到后边去检查,他自己则站立着,左手紧套炸药拉环,右手紧握手枪,以防不测。

叶楚云像一只野猫,在人丛中搜猎着,终于,她在一位穿裙子的少妇座位下发现了这个纸条。

小胡子看了纸条后,顿时发出几声阴森的冷笑,笑得人们寒毛直竖。他突然收住笑声,把手枪举到头顶上晃了晃,说道:"哼!毒蛇不毒不打雾,老虎无威不过岗!谁认为我的手枪是儿童耍的玩具,就大胆地站出来,让他验证验证!"

小胡子见大家用沉默来回答,他眯起绿豆眼,脑子里转开了。他知道,对枪真假的猜疑,会使众多旅客对自己失去畏惧,反抗的潜流就会蔓延滋长,他觉得要保持自己的威慑形象,就必须来个杀一儆百。他用手枪的枪管摩娑着小胡子,用秃鹫般的目光在人丛中捕猎开杀戒的对象。他的目光终于停留在那穿裙子的少妇身上,他从前舱几步来到少妇身边,把手枪伸到少妇面前:"你说,我的枪是真的还是假的?"

少妇吓得脸色苍白,摇了摇头:"我不知道。"

"不知道?"小胡子大喝了一声,吓得那少妇连忙改口道:"这可能是真的吧!"

对少妇的退让,小胡子仍未善罢甘休,他用手枪撩开少妇的百褶裙,把枪朝少妇大腿的上部移去。少妇惊恐地哀求着:"别这样!别这样!"边说边试图推开小胡子的手。可小胡子铁青着脸,紧握着手里的枪,继续往上移,一直移到少妇那条绣了花的涤棉三角内裤……小胡子的眼睛里闪动着淫光。这时,那少妇已吓得身体似筛子般发抖,一边颤抖着声音哭求着:"先生,行行好,别这样!"一边拼命想推开小胡子手里的枪。谁知就在这时,小胡子鼻子里"哼"了一声,食指一扣扳机,只听"砰"一声,一颗子弹射透了少妇那神秘的地方，少妇凄厉地"呀"惨叫了一声，从座位上扑倒在地，痛苦地翻滚着、哀嚎着。鲜血从她的裙子里如喷泉般汩汩涌出，她挣扎了几下，眼珠向上一翻，就断了气。

这一枪，立刻引来了全场的骚乱，坐在前边的小孩子被吓得惊喊了起来，呼爹唤娘，一片哭声。

待哭声稍为平静了一些，小胡子扬了扬仍冒着丝丝烟缕的手枪，狰狞地冷笑了起来："各位看清楚了吧，这枪不是儿童玩具吧！"他见人们被他这一枪震慑了，更是趾高气扬地宣称，"我这腰里的东西也不是吃素的，它是液体炸药。谁敢反抗，迫我上绝路，我只要把左手的铁环一拉，大家就会跟这飞机一起去见上帝！"

面对这杀人魔鬼的暴行，韩星心里的怒火熊熊燃烧，牙齿咬得格格作响，握枪的手也攥出汗来了。他几次想拔出手枪把这恶魔击毙，但几乎伸出了衣袋的手又缩了回去，因为他看到了那连着套环的炸药包。他觉得面对这样的歹徒不能硬拼，只能智取！他又眯起眼睛细细端详小胡子手里的手枪，他认出来了，这种自动手枪是英国制造的，枪重一公斤，使用九毫米子弹，射程四十一米，装弹量十三发。这跟自己握在衣袋里的手枪是一模一样的。他不禁感到奇怪：这几个歹徒怎么会有真枪实药呢？他们到底是何方神圣呢？

设 计 巧 周 旋

尹雄是一位师长的儿子，平时娇生惯养，恃势欺人，对父亲的忠告和规劝从来视作耳边风。在西南空军学校读书时，不求上进，毕业后，技术搞不上，就在西南某兵工厂当了一名财务股长。他长得挺英俊，但如此外表下却掩盖着一个丑恶的灵魂。他崇尚时髦，追求享受，大搞歪道邪门。在任职期间，他串通会计叶楚云鲸吞蚕食了公款四万八千多元。他俩把不义之财大肆挥霍，花天酒地，两人同居后，房间布置更是豪华富丽。但不久后，两人的行踪便引起了兵工厂领导的注意，立即组织查账小组进行查核，结果，两人的洞房还未来得及奏响新婚圆舞曲，却敲响了丧钟，非法所得被查封了。可就在要拘捕他俩的前一个晚上，不知是谁走漏了风声，于是两人从仓库里偷了四支手枪及一些炸药后，携着巨款潜逃了。他们游了大半个中国，在厦门鼓浪屿的沙滩上，碰上了在空军学校的同班同学、人称小胡子的刘军。

别看小胡子又矮又瘦，长相不济，却极机灵，学业成绩也佳。他毕业后，初时在南方一个民航局当飞机驾驶员，由于结交了社会上一些不三不四的朋友，毒菌侵蚀了他的灵魂，他贪婪女色，多次玩弄女性，因企图奸污一位空中小姐遭到反抗，才使他的丑恶面目全部暴露。对这已构成"强奸"的行径，主管领导出于怜才之心，出面周旋，这才使他减轻为"调戏妇女"，免于牢狱之灾，从飞行大队调到地勤当杂工。然而对这近乎仁慈宽大的处理，刘军不但没有感恩图报，反而认为命运对他不公平。所以两年多来，他干地勤杂活时吊儿郎当，平时怨气冲天，在如此"逆境"中遇到了落难的老同学，他和尹雄臭味相投，一拍即合。几经研究，他们认为逃避惩处、奔向自由的地方就是台湾。但怎样才能去台湾呢？"劫机！"当尹雄从提袋露出那几支锃亮的手枪及炸药时，小胡子也怦然心动了。于是，他们和叶楚云殚精竭虑，设想出劫机前后可能出现的一个又一个难题及解决的办法。经过一个多月的酝酿，劫机方案终于定下来了。他们各自做好了每个细节的分工，并在野外作了模拟训练。

今天早上，小胡子利用装运航空邮包的机会，趁检查人员的疏忽，把早已装好手枪炸药的邮包混了进去。后来，他又伺机神不知、鬼不觉地把它从邮包堆里取了出来，放在第八排 A、B、C 座位上的行李舱内——这正是他们三人的座位。登机后，三人利用身体互作掩护，取出炸药，开始了罪恶方案的实施。

如今，小胡子刘军见劫机按预订的方案一步步地实现了，这怎不叫他喜形于色呢？而他又怎会想到，反劫机的潜流也正在无声无息地进行！

驾驶舱内，邓翔让飞机在空中兜了几个圈，他本来想借此搅混歹徒的视觉，直飞广州白云机场。但又一想不妥：歹徒在飞机降落时一旦发现上当受骗，定然会进行疯狂的报复，轻则自己会遭枪击身亡，重则歹徒在飞机降落前就把整架飞机炸毁。而飞到香港则是一个比较妥善的办法，港岛那鳞次栉比的高楼大厦，那带异域情调的海湾风光，会使这班歹徒产生错觉，误把香港当作台湾。这样，当飞机在启德国际机场降落后，港英警察在谈判之时会把歹徒带离飞机，飞机及全体乘客的生命安全就会得到解脱。此后要把飞机及乘客送回广州，那是易如反掌的事。

邓翔想定这个主意后，就驾着飞机在高空兜了几个弯，然后调整了自动导航仪，对着香港的航向，向前飞去……

但是邓翔这一招并未能瞒过狡猾的歹徒，尹雄一伙早在劫机前就已经查明台湾等地坐标的经纬度，当邓翔驾着飞机兜圈时，他只是在一旁不动声色地望着自动导航系统中的各种仪表。如今，飞机作定向飞行了，他看着坐标仪指针的指向，心中便明白了一切。他用枪敲了敲邓翔的头，说："喂，老兄，你要把飞机开往哪里？"

邓翔一本正经地答道："飞往台湾！"

"台湾？哼！你把我当猴子耍啦。你现在要飞往的目的地是香港！"一听对方竟能如此准确地点穿自己的意图，邓翔不禁大吃了一惊，但他一下子就平静了下来，故作不满地责备道："你别在这里胡猜乱想，信口开河！"

"我信口开河？的确，你是个聪明人，但我也不是一个大傻瓜。台湾的地理坐标是东经 122°，北纬 25°，但你现在要飞往的目的地是东经 114°11′，北纬 22°15′，这正是香港的地理坐标。况且，在这里飞往台湾，你应把机头指向东方，而不是西南方向。"

听到对方口若悬河却又是言之凿凿，邓翔不禁打了一个寒噤，他万万没想到劫机者竟然如此谙熟飞行的航向和目的地的经纬度。怎么办呢？邓翔思忖了一会儿，就故意拨弄其他开关，经纬坐标仪的指针却没有改变指度，他叹了口气："对不起，你看，经纬坐标仪失灵了。"

"失灵了？"尹雄有点发怒，用手指点着邓翔的太阳穴，恫吓道："你还想耍我，我就崩了你！"邓翔见他口气虽凶，但却讲不了内中的道道来，心中反而宽坦了，就信誓旦旦地说道："我如果骗你，要砍要杀随你便。"

邓翔这么一来，倒使尹雄又恼又躁，他眼睛"骨碌碌"转了好几下，悻悻地说："我看你骗得了多久！"说完，就用枪指着邓翔，慢慢退出了驾驶舱。他见小胡子与叶楚云也按原定方案得了手，就走到小胡子身边，小声说道："驾驶员说坐标仪坏了，你进去看看，我来替换你。"说完他向叶楚云递了一个眼色，叶楚云闪着一双大眼睛也回了他一个秋波，双方都露出了胜利者的得意微笑。

小胡子让尹雄接替了自己的位置，就急忙闯进了驾驶舱。他粗声大气地问道："你说坐标仪坏了，究竟坏在哪里？"

邓翔用眼角瞟了他一眼，不紧不慢地答道："我也不知道坏在哪里？"

小胡子当日在空军学校读书时，成绩就不差，加上后来又驾驶过飞机，对各类仪表当然比较熟悉，他伸过右手，用枪管轻轻擦动坐标仪的按钮，仪表的指针动了几下。他冒火了："嘿，你要老实点，我也是你这一行出身的，按我口令去做，不然，我与飞机同归于尽！"说完，他把扣着炸药拉索小环的左手举了起来。邓翔见小胡子对驾驶这么内行,为了飞机的安全,他只好忍气照办,以后再伺机而行了。

小胡子眼睛盯着自动导航系统的仪表,航迹、航向、坐标……他嘴里不断发着指令。不一会儿,各种仪表都调到了他所需的位置上,飞机箭一般向着台湾海峡飞去。

空中小姐徐小曼见歹徒如此残忍嚣张,恨得咬碎玉牙,但在歹徒虎视眈眈监视下,她不能跟别人商量对策,只好手托下巴,望着窗外的灰蒙天空苦苦思索。忽然,她的手肘无意间触中了衣服上的小包东西——高效安眠药,这药是她近日失眠,在机场卫生室开的。徐小曼觉得眼前陡地亮了,再细细思忖,一个主意终于在她心中产生了。她站了起来,刚迈动步子就被尹雄喝住了:"不准动!"徐小曼平静地说:"我是这班飞机的空中小姐,有话要和你们讲。"说完迈动双脚走到离尹雄两米处停住了:"先生,现在是该给旅客发饮料、食品的时候了。"

"不行!"尹雄未听完就摆手拒绝。

徐小曼眼里也闪射出冷峻的光芒:"先生,我这么做,不仅是为了广大旅客好,而且也是为了你们好。""你这话是什么意思?""眼下飞机已经被劫往台湾方向飞去,你们的目的已经达到了。如果还在旅客中造成过于强烈的对抗情绪,那么众人一旦反抗,你们可以把飞机炸掉,把全体旅客炸死,但你们不也要一起被炸死吗?"

"这……"一听这话,尹雄的气焰顿时低了下来。他想劫机这么顺当,只要再坚持两个钟头,就到目的地了。如果此时再过分作恶,激怒众人,倘若有人敢带头拼死,众人拥上,结果只能是同归于尽。这真不值得!于是,尹雄的口气变得缓和了些:"发就发吧!不过,只准你一人去做这事,其余空姐坐在原处不准动。我警告你,若想耍花招,我就先宰了你!"

徐小曼装出一副害怕的样子回答:"这你放心,"接着她采取以攻为守的手法说，"先生，你若不放心，最好派一个人来监督我。"

尹雄点了点头，正想叫叶楚云去监视徐小曼，但又一想，这样客舱只剩下自己一个，这不安全。他觉得这柔弱的空中小姐发饮料谅也不可能坏自己的大事，因此，他挥了挥手说："去，去，你快去取饮料食物，发下去，别再啰唆了。"

徐小曼独自来到了服务间，取出蛋糕、烙饼和健力宝纸盒包装饮料。她从门缝望去，见歹徒没有派人跟上来，就从身上取出那几粒高效安眠药，用手指把药片捏碎，用吸管把健力宝的铝纸封口戳了一个小洞，把安眠药小心地塞了进去，再插进吸管搅拌了几下，这样精心制作了三盒，刚想把小车推出去，但又一想：不行！光是歹徒的三盒插上吸管，其他旅客的没插，这岂不要露馅了?! 于是她又快速地把所有的健力宝都插上了吸管。那三盒放了安眠药的暗暗做了记号，放在最后边。一切准备妥善以后，徐小曼就把小车从服务间推了出来，从舱尾开始，发给每人一份食物和一盒健力宝。

当徐小曼向劫机者提出发放饮料的要求时，韩星就猜想她准是在酝酿一种反抗行动，他觉得自己应责无旁贷地配合她行动。但那位空中小姐不认识自己，怎样才能表明自己的身分呢？用语言交谈是绝对不可能的，他忽然想出了一个好办法，悄悄地把自己的证件放在膝盖上，用手捂着，当徐小曼推着小车给他发饮料时，他有礼貌地说了一声："谢谢!"同时向徐小曼使一眼色，随之挪开了膝盖上的手掌。徐小曼低头一望，会意地点了点头，又把车子往前推去。

这一连串动作做得那么迅速，那么自然，前边又有一排排的旅客挡着，尹雄和叶楚云当然没有觉察他俩的这种默契。而这时徐小曼觉得腰骨更硬更有力了：有这位便衣护机员的配合，自己一定能战胜这些凶残的劫机者。

　　徐小曼把食物、饮料都分给了旅客,最后推车来到了尹雄与叶楚云面前,她装得若无其事地从车上取出糕点和放了安眠药的健力宝,递了过去。

　　叶楚云这时正感喉咙干涩冒火,她把手枪往腰间一插,接过健力宝饮料,把吸管放到嘴里,正要吮吸,突然听到尹雄猛喝一声:"不能喝!"

　　尹雄为啥不让叶楚云喝饮料,原来,这个花花公子乘飞机是家常便饭,他对空中小姐发饮料的情况也见得多了,当徐小曼分发健力宝时他就觉得今天的情形跟以往不同,啥不同,他仔细观察,终于发现了一些奥妙,所以他制止了叶楚云,不让她饮这健力宝。

　　叶楚云听尹雄不让她喝饮料,就把吸管从嘴里吐了出来,不解地问:"阿雄,为什么不能喝?"

　　尹雄没有直接回答叶楚云,却把矛头指向徐小曼:"小姐,你在这饮料里放了什么东西进去?"

　　徐小曼心里一颤:这条恶狗嗅觉太灵了。但她很快镇定下来,因为她料定对方不会亲眼看到自己在服务间的所为,于是她耸耸柳眉,冷冷地反问道:"你这话是什么意思?"

　　"什么意思?"尹雄的鼻子哼了一声,用枪指了指那盒健力宝,"空中小姐发饮料,历来都是发未启封的,再附送上一支吸管,旅客喜欢什么时候喝,就自己把封口戳破。而你今天不是有点反常吗?"

　　一听这话,徐小曼的心像被电鞭抽了一下,她竭力稳住自己的情绪,眼睛定定地望着那健力宝。她后悔自己考虑不周,这小小的破绽,却被狡猾的歹徒发现了。但她很快就找到了答词,用手指了指前几排的孩子们:"先生,你的话讲来似乎有理,今天我发饮料的确与往日不同。但今天机舱内的情况不也是与往日不同吗? 这些单独坐在前排的小孩,不少还没自理能力,他们会自己插吸管吗？为旅客提供最好的服务,这是我们空中小姐任何时候都要恪守的信条!"

徐小曼的话讲得合情合理,尹雄倒也找不到责备她的理由。徐小曼趁势顺风扯帆,反问道:"先生,你刚才的意思,是说我在饮料上放了毒药了?"

尹雄讷讷地答道:"这,只有你自己知道了。"

徐小曼用手指着满舱旅客:"难道他们都在饮毒药水?"说完她拿起刚才要给尹雄的那盒健力宝,轻蔑地说:"你们劫机胆大包天,想不到现在却胆小如鼠。你不敢喝,我来喝!"说完把吸管放到嘴里,轻轻地吸了一口。

叶楚云见徐小曼领先喝了,也忍不住要喝,尹雄仍然制止道:"楚云,小心驶得万年船。我的行李袋里,有我自带的饮料。"

叶楚云应了一声,就来到了第八排A、B、C的位置上,从行李舱里取出尹雄的旅行袋,拉开链,取出两罐易拉罐包装的"可口可乐"。

徐小曼见自己的计谋不能实现,心中暗骂歹徒太狡猾了,只好把车子往回推去。

斗 敌 显 神 功

坐在人丛后边的韩星把这一切都看在眼里,当尹雄不让叶楚云喝那饮料时,他就预料空中小姐的计策要失败,必须寻求新对策。

说实在的,韩星要消灭两个歹徒易如翻掌,只要他从衣袋里抽出勃朗宁手枪,几个连发就可立即把他俩送上鬼门关。但令他感到头痛的是:男歹徒左手正扣着拉环,如果他被子弹击中,痛苦的挣扎将使他的双臂会做大幅度的扩伸动作,这是人的生理本能反应,这样就肯定会把腰间的炸药包拉响,飞机及机上所有的人都只能走进死亡的深渊。

如何使这歹徒把紧连着炸药包的拉索小铁环从手指上脱下来，这是关键！他在苦苦思索中，脑海里终于跳出一个想法：用气功！说起来也真神，这韩星，在部队时，不仅是个擒拿手，而且还是个了不得的气功师，在这节骨眼上，只能用气功来试一试了。但他又觉得自己坐在机舱最后第二排，前边隔了这么多堵人墙，有气功也难施展呀！他蓦地想到了一点，他刚才与死去的少妇坐的本是隔壁位置，如今少妇那两岁的孩子正坐在前边第三排，对，想法坐到那小孩身边去。于是，他趁歹徒自喝饮料之时，悄悄地掏出圆珠笔，在小日记本上快速写了几个字，再把纸撕下，揉搓成小纸团。当徐小曼把小车推近时，他悄悄地把小纸团扔到车上。

徐小曼把小车推回服务间，用手轻轻抹着额角的汗珠。她为刚才放安眠药的事失败在后悔，在心颤。如今看看这便衣护机员有什么高招，她就取出韩星扔来的小纸团，展开一看，上面写着："弄哭死者的孩子。"徐小曼皱起了眉头，深深地思索着，终于领悟到在"弄哭死者的孩子"之后，那便衣护机员必会有大动作。徐小曼把纸条撕碎，扔进杂物筐，就从柜里取出一小瓶"雀巢速溶咖啡"，放进衣袋。

徐小曼从服务间出来，就来到一个两岁多的壮实的小男孩后边坐下了，她曾帮那死去的少妇抱过这孩子。其他空中小姐见自己的组长有异常的举动，虽不晓得她具体干什么，但知道她正为拯救飞机和旅客而暗中行动，现在见她变换了座位，就故意互相推搡埋怨，说邻座踏痛了自己的脚争了起来，这样，把歹徒的注意力引到自己身上来。尹雄气急败坏地向那群空中小姐扬了扬枪，嚎叫着："不准吵，谁吵老子就枪毙谁！"

徐小曼这时从后边伸出右手想捏孩子，但一下子又下不了手。多天真活泼的孩子，又是多么可怜的孩子，还未懂事从今天起就失去了慈爱的妈妈！但徐小曼又想到此举关系重大，就忍痛在小孩子的屁股上狠狠拧了一把。孩子受这突然袭击，痛得"哇哇"哭叫起来。

徐小曼马上走前一步，关切地用手按了按小孩子的额角，叫了起来："呵，这孩子有点发烧。"随即向旅客问道："谁的孩子？他病了！"

韩星"霍"地站了起来，应了一声："这是我的孩子！"说完就装得很担忧的样子快步向前走去，来到孩子的跟前，心疼地伸手往孩子的额头一摸。

那孩子见一个陌生人用手按自己的额头，吓得哭声更高了。韩星趁机一把抱起孩子，装着哄他："乖乖，别哭！别哭！"就势坐在小孩子的位置上，向徐小曼说："咳，临出门这孩子已有病了。他妈妈到广州接舅父，孩子又吵着要妈妈，我就把他带去广州。"说完一边轻轻拍小孩的背脊，一边哄着孩子，一副当父亲的样子。

小孩被搂在陌生人的怀里，吓得又是嚎哭又是蹬脚，旁人看去，确是一副重病的样子。韩星一手搂抱着他，一手暗向他的穴位使气功。小孩很快就停止了哭声，不久就酣然入睡了。韩星也坐在那里，搂着孩子，把头一歪，闭起眼睛，显得困倦过度、昏昏欲睡的样子。

尹雄初时想前去制止韩星哄小孩，但一想到刚才徐小曼的"告诫"——不要与旅客造成太强烈的对抗，就只是在前边冷眼旁观，自作戒备。后来，看到韩星那副有气无力、昏头昏脑的样子，戒备心也逐渐放松了。

韩星见歹徒的警惕性放松了，在一副睡相的掩饰下，从小孩身上腾出右手，闭目养神，气沉丹田，运足气功。不久，一股无形的气功热力穿透了前几排的座椅，穿透了尹雄的腹部，似一支看不见的利锥直指他脊椎骨下末端的穴位——"督脉"。

初时,尹雄觉得自己身上一阵燥热,仿佛有什么东西在体内蠕动,便奇怪地向四周张望。高靠背座椅遮掩了韩星右手与尹雄的视线,因此尹雄只看到韩星正抱着孩子低头沉睡,坐在前几排的小孩有的在哀哀啼哭,有的在呆呆瞅望,中间的妇女和边的男人也安坐在自己的座位上,没有异常的迹象,尹雄便以为是机舱的空调出了毛病。不料过了一会,他又觉得肚子躁动得更厉害了,逐渐感到了便急,接着又觉得肚子发疼,想上厕所。尹雄还想强忍一下,但韩星穿透座椅的气功力度却一阵强于一阵,尹雄肛门的括约肌猛烈地抽搐,已到了无法忍受的地步。尹雄只好靠到叶楚云身边,向她耳语道:"我要去厕所,你看管一下。"说完急急往洗手间走去。洗手间的门关着,必须腾出手来拧开洗手间门上的旋转拉手,尹雄把右手的手枪放进衣袋里,再用右手把套在左手食指上的炸药包拉环摘下来。这是他要去洗手间一定要做的基本动作,而这一点,正是韩星从人的生理本能反应早就推测到的。韩星首先要消灭的目标就是这个腰缠炸药包的男歹徒,掐断引爆炸药的祸患,然后再去对付持枪的女歹徒。

韩星虽然耷拉着脑袋,但眼睛却紧紧盯着歹徒,察看他的一举一动,当见尹雄向洗手间走去时,他也悄悄地放下怀里熟睡的孩子。就在歹徒摘下炸药包引线的拉环,去开洗手间门的眨眼间,韩星立刻像一头匍伏已久的雄狮拔地而起扑了上去,挥起铁拳朝尹雄的后脑勺猛击过去。尹雄一只脚刚迈进洗手间,后脑遭此重击,一个前跌,额头又撞在洗手间的墙上,顿时眼冒金星,他还未弄清怎么回事,已被从后边扑上来的韩星重重地压倒在洗手间的地上。

韩星伸出铁钳似的双手,猛力钳住尹雄的喉咙,尹雄用力挣扎着,想用双手扳开脖子上的"铁钳",可那铁钳像钢铁一样,钳得越来越紧。处于绝望境地的尹雄缩回手,想拉响身上的炸药包,但手却被韩星用膝盖压住,动弹不了。韩星把积郁在胸中的仇恨与怒火同时通过这双手发泄出去,一会,就见尹雄双腿一蹬直,头一歪,眼珠暴出,一命呜呼了。

韩星站起来,用脚踢了一下歹徒的尸体,一抬头,只见那空中小姐正与女歹徒在舱底扭滚在一起。

原来,徐小曼设法让韩星在小孩群里坐下以后,知道搏斗即将来临。她表面上若无其事,但手里却抓了一大把咖啡粉揣在衣袋里,作好了拼搏的准备。当她见韩星像猛狮扑向尹雄时,她也似离弦之箭射向了叶楚云,把手一扬,一把咖啡粉洒了叶楚云一头一脸。

咖啡粉,冲水喝到嘴里滋润香甜,但撒进眼里那滋味就不好受了,叶楚云的眼睛顿时被腌得又痒又痛,还未等完全反应过来,徐小曼已经扑了上来,两人立刻扭作一团。

韩星见空姐与女歹徒正扭作一团,便从洗手间冲出来,很快就制服了叶楚云。

也就在这时,突然从驾驶舱里钻出了一个人,他就是劫机者之一的小胡子刘军。

小胡子在驾驶舱里听到外边有扭打声,知道大事有变,就把手枪往邓翔面前晃了晃:"你要老老实实驾机,不然我崩了你!"说完就从驾驶舱里冲了出来。

韩星见驾驶舱里冲出一个人来,正想扑过去,但他一眼看到小胡子腰间绑着的炸药包,又急忙收住了脚步,心中苦叫了一声:"不行!"他知道猛烈的贴身搏斗,无疑会拉响歹徒身上的炸药包。开枪吧,也不行! 他情急生智,把叶楚云的手向后一扭,遮住了自己的身体,又向徐小曼喝了一声:"躲到我后边!"徐小曼急速一跃,藏到了韩星的背后。这一来,叶楚云就成了一块挡箭牌。两米之间,手枪对着手枪,但是谁也不敢先开枪,一场别开生面的对峙战开始了。

小胡子向叶楚云喝问了一声:"尹雄呢?"

叶楚云料定尹雄在洗手间遭袭击,现在没露面,肯定已一命归西,就凄然地说:"尹雄死了!"

"尹雄死了?"小胡子心头掠过一丝兔死狐悲的悲凉,但马上又被另一种情绪替代了。自从那次在鼓浪屿与尹雄、叶楚云见面后,好色成性的小胡子就垂涎叶楚云的美貌,只可惜她已为尹雄所有了。现在尹雄死了,一到台湾,叶楚云肯定会落入自己的怀抱。想到这一点,小胡子更不敢贸然开枪,恐怕把叶楚云打死。

韩星见小胡子稍有犹豫,就在叶楚云背后晃了晃手枪:"你放下武器,举手投降!我是便衣警察,保证放你一条生路!"

"生路?"小胡子知道自己最大的王牌就是身上的炸药包,他知道警察是会顾全旅客生命的,肯定不敢开枪,因此,他的气焰更加嚣张了:"到台湾才是我的生路!我警告你,丢下手枪,不然我就拉响炸药包,大家一齐去见上帝!"他见韩星的手枪没有丢下,那双绿豆小眼睛瞪圆了,脖子上的青筋露了出来,龇牙咧嘴嚎叫道:"我数到五,你再不丢枪,我就立刻拉爆炸药,横竖我如今已是贱命一条!"说完,他把左手举得更高了。

韩星一阵心寒,歹徒已经到了丧心病狂的地步了。狗急是要跳墙的!丢枪吧,岂能向歹徒举手投降?开枪击毙他,他临死前痛苦挣扎,必然会拉响炸药包,整架飞机的旅客都会在顷刻间血肉横飞。难呀!难呀!

小胡子以两秒钟一个数的速度高声叫着:"一……二……三……"这声音,真像黑夜森林的饿狼在垂死嗥叫。

旅客中有人吓得抱头惊叫了起来,仿佛已经陷入了死神的魔掌。

危险!千钧一发!生死关头!

就在那一瞬间,从人丛中冲出了一个人来。

风云多变化

就在韩星与小胡子对峙的千钧一发之际,突然从人丛中旋风般冲出一位大汉,他从后面抢起大掌,向韩星的右手劈了下去,只听"啪"的一声,韩星的手枪跌落在机舱内。韩星本能地回过头,又被大汉扇来的第二掌打得转了一个圈。大汉趁韩星还未立定,就一个马步,双掌使个"双风贯耳",把韩星推得打了几个趔趄,扑倒在机舱那边。接着,那大汉似猛虎般扑了上来,韩星一个"懒驴打滚"闪过大汉那厚实的身躯,就势向大汉猛击一拳。那大汉用手把拳绞住,就势把韩星拦腰抱住,两人在地上滚了起来。韩星虽是本领过人,但人最怕是遭受突然袭击,刚才背后两掌已经使他眼花目眩,现在纵然使出浑身解数,也推不翻大汉如泰山般的身躯。几个回合,韩星被大汉压住,反扭了双手。韩星倔强地拧过头,愤怒地望着那不速之客:这人身材魁梧,国字脸,浓眉大眼,黝黑的皮肤,大胡子。大胡子把韩星压在身下,转头向还在发怔的小胡子打招呼道:"伙计,来帮帮手!"

小胡子刚才被韩星迫上了悬崖的边缘,现在突然有一个帮手从天而降,给自己解了围,他不禁喜上眉梢,几步奔了过来。正想帮手,忽然又停下脚步,倒退了一步,仍然一手举枪,一手拉着弦索,警惕地伸过头问道:"你是什么人?"大胡子向他点了点头,友善地说:"自己人。"

"自己人?"小胡子有点不解。大胡子右手按住韩星,左手从西装上衣口袋掏出一张2吋照片,递到小胡子眼前:"你看!"

小胡子眨了眨眼,定神一看,不禁也大吃一惊:照片上,大胡子穿着一套笔挺的军服,威风凛凛,神气活现。他军帽的徽章,不是红五星或剑与盾,而是一颗狗牙的国民党党徽。小胡子不禁脱口而出:"你是——"

"我是台湾国防部的,这次来大陆公开身份是商人。""呵——"小胡子松了一口气。"欢迎你到台湾来!"大胡子爽脆地说。"好呀!"小胡子心中一阵狂喜,在危难之中遇到了救星,遇到了引路人。

那大胡子见压在身下边的韩星还在挣扎,侧头叫小胡子:"快,帮帮手,解下他的裤带,把他捆绑起来!"

"好!"小胡子点了点头,右手把手枪往腰间的皮带一插,又一想,左手带着炸药拉环去绑人无疑是危险的。于是,他用右手把左手食指的拉环取了下来,掖回腰间皮带里,俯下身来协助大胡子解韩星的裤带。

此时,大胡子突然伸出右拳,由下而上向小胡子的下颚击去。只听"咔嚓"一声,小胡子被这突然而来的冲拳打得下巴脱了臼,嘴角马上流出血来。

"上当了!"小胡子暗叫一声,但没容他采取任何反抗措施,大胡子就从韩星身上跃起,这一蹿如狸猫,扑向小胡子,他那重如铁塔的身躯重重地压在小胡子身上,迅速把他的双手反剪过来。他见那边徐小曼正与叶楚云滚打一团,就冲着韩星努努嘴:"伙计,去帮帮空中小姐!"

韩星一跃而起,很快地就制服了叶楚云,接着又过去解下小胡子的裤子皮带,把他双手反剪绑牢,然后小心翼翼地解下了他身上的炸药包。

看到这天翻地覆的变化场面,看到两个歹徒如死猪般捆在舱底筛抖,旅客们狂喜万分,有人欢呼,有人雀跃,有人鼓掌。大胡子拍了拍韩星的肩膀:"同志,真对不住,让你挨了我几下子。""这没关系!"韩星笑着说,"不过你那几下子确是好重呀!"这一下可引得旅客们哄堂大笑。

这时,有人捡起了大胡子刚才的照片,奇怪地问道:"这是怎么回事?"

大胡子笑着说:"我是中国警察学校的教官,珠江电影制片厂要拍摄历史巨片,邀请我扮演其中的一位国民党教官,这是我的试妆照。"

"呵,原来是这样!"韩星兴奋地握着大胡子的手,"谢谢你!"

"不! 大家应先谢谢你!"全舱旅客报以热烈的掌声。

大胡子继续说:"你的一举一动我早就看在眼里,但在那特殊情形下,我上不去,帮不了手呀! 幸而,一种信念把各自的行动连在一起,我们毕竟胜利了!"

客舱里又是一阵欢呼声。此时,波音747客机早已在高空兜了半个大圈,载着劫机者的血债,载着护机者的战绩,载着愤怒的呵斥,载着欢乐的笑声,向广州飞去……

(何初树)

一个男人,不管是谁,自尊心受到伤害时,都会铤而走险,做出丧失理智的事。

大地旋风

捎 来 的 媳 妇

有个运输专业户叫黄树枕,人称"黄旋风",咋会得这么个怪绰号?原来他常跑的是由他家乡到县城的一段黄土路,他开车速度快,跑起来总是卷起一阵黄色的烟尘,加上他姓黄,所以人们就叫他黄旋风了。他听了并不见怪,还感到洋洋得意,于是就丢开大名不用,处处以黄旋风自称。

黄旋风今年三十岁上下,个儿不高,脸黑黑的,头发黄黄的,人精瘦精瘦的。他孤身一人,平时少言寡语,很少与人深交,孤僻的性格是不幸的遭遇造成的。他本是城里人,父亲是个本钱不大的古董商,"文革"中被抄了家,多年用心血挣来的文物珍品全毁于一旦,老人家一气之下就在院里的一棵枣树上吊死了。接着他和妈妈被轰到农村,不久他妈也病死了,他便一个人顶着门户过日子,落实政策后得了一万块钱,但他没有回城,就弄了一个驾驶证,买了一辆旧卡车跑起运输来。他起早贪黑,风里来、雨里去地干,终于挣了不少钱。到底多少?谁也说不清,人们背后议论起他的家资时,总是伸着五个手指头。

一天夜晚,晚风清新,明月当空,黄旋风趁着月色给村石料厂往县城一个工地运石料,他双手把着方向盘,两眼直视前方,车子像脱缰野马,箭一般地向前驰去。当车子驶进两边青山连亘的山道时,忽然他看见前面路边有个黑影,正慢吞吞地朝县城方向走着。他脑子一闪:这人怎么在山里赶夜路?这么一想,车速减慢,终于看清那是个身材单薄的女子。他想:一个单身女人夜晚走山路,万一碰上坏人或是狼什么的,那就完啦!黄旋风边想边不由把车子开到女人跟前停了下来,随手打开车门,说道:"喂,上县城吗?上车吧!"

那女人头也不抬,也不回答,默默地上了车,坐在黄旋风身边,拉上车门,脸向前方,一动也不动。黄旋风微微一笑,一踩油门,车子开动了。他瞟了那女人一眼,只见她约二十多岁,模样儿长得很俊,只是双眉紧锁,脸色煞白,似乎有什么不顺心的事儿。黄旋风既没开口,也没询问,开着车子朝县城飞去。

车子到了县城十字街口,黄旋风停下车,问道:"这儿下车可以吗?"那女人也没开口,拉开车门下车,连个"谢"字也没有。黄旋风还是头一回碰见这样搭车的,又好气又好笑地摇摇头,开车走了。

黄旋风把石料送到工地,开着空车往回走时,已是深夜了。车子刚出县城,又看见路边上有个单身女人在慢吞吞地行走,他把车子开到那女人身边,停车开门招呼那女人上车。那女人不声不响地上了车,黄旋风看她一眼,禁不住"啊"地叫了一声。为啥?原来又是刚才那个搭车进城的女人。

黄旋风忍不住发问了:"你大半夜的来回溜达什么?"

　　那女人不答话，竟趴在驾驶台上"呜呜"地哭起来了。

　　她这一哭，倒把黄旋风哭毛了，他想，万一有人来，误以为他欺侮妇女，他就是浑身长嘴也说不清呀！黄旋风一急，倒急出了个主意，他指着右前方黑乎乎的石鹅山说："你要再不说话，我就把车往山上开，然后从小鬼脸翻下去！"

　　黄旋风此话一出，倒真的吓得那女人不敢哭了。为啥？原来那个叫小鬼脸的地方，山路又窄又险，一边是耸天绝壁，一边是万丈悬崖，一般司机是不敢往那儿走的。黄旋风拿这话一唬，吓得那女人不敢哭了，接着就把自己的遭遇向黄旋风说了一遍。

　　这个女人叫汤英，今年二十三岁，是离县城四十里桥北庄人，只因她哥哥快四十了还说不上媳妇，糊涂的爹妈便想出个换婚的办法，要把汤英嫁给一个从小抽风落下病根儿的男人，把他的妹妹换过来。汤英当然不干，可是爹妈硬给她开了结婚证明，让她和那个男人去乡里登记。幸亏那个男人在登记处门口突然犯病了，汤英趁在暗里监视他们的双方爹妈忙乱时溜走了，先在高粱地里藏了半天，到晚上才出来，就在公路上盲目地走着，偏巧两次遇上了黄旋风的车。

　　黄旋风听了汤英这番话，同情地瞅瞅她，见她孤单单的可怜样子，想了想，说道："你晚上老在外边乱走也不是个事儿，先到我家住下吧！"

　　汤英点点头，抬起泪汪汪的眼睛感激地看着黄旋风。

　　黄旋风开足马力，没用多少时间就到了家门口。他把汤英领进门，拉亮灯，指着自己的床铺说："今晚你就睡这儿吧！"

　　汤英四下看看，不安地问："家里就你一个人？"

　　"嗯！"黄旋风点点头。

　　汤英禁不住浑身颤抖起来，她向后退着，嘴里喃喃地说："你……让我走！"

　　"噢，"黄旋风明白了，"噗哧"一笑说，"放心吧，咱不是那号人!"说罢走出屋门,一拉车门又进了汽车驾驶舱,"咕咚"一下躺下了,两条大腿往外边一伸,没半分钟就呼噜起来。

汤英这才长长地舒了一口气。

汤英在黄旋风家一住就住了四五天。每天黄旋风回家带回不少鱼肉菜蔬,汤英早已把可口的饭菜做好了,两个人就客客气气地共同进餐。黄旋风一直过着独进独出的单身子生活,总觉得家里少了点什么,今个儿他才知道,少个女人。他觉得汤英手脚勤快,模样又俊,是个好姑娘,要是她能给自己当媳妇是再合适不过了。可自己比人家大好几岁,虽说有点臭钱,可模样不怎么样,又没什么文化,再说这时候提出来,不是趁人之危吗?最好让汤英说出来。因此他对汤英格外尊重、客气,从不胡说八道,一到晚上总是老老实实地钻到车里去睡觉。

他心里这么想,汤英心里也不平静。她打心眼儿里喜欢黄旋风,自己一个大姑娘和他住在一块儿,可人家一点不检点的地方都没有,要是能和他过一辈子,也算心满意足了。可他原是城里人,看得上我这个乡下妮吗?这事最好他能说出来,我一点头就行了。

就这样两人都等着对方开口,一拖就是七八天,两人的心可是越靠越近了,就是捅不破这层窗户纸。

他俩沉得住气,外人可不客气,早就注意上他们了。不少人还半夜出来观察动静,于是风言风语出来了,什么别看他俩晚上一个屋里一个屋外,大白天可搂在一块呀。还有人说亲眼看见黄旋风在县城医药公司买了一瓶避孕药片呀,说得神乎极了。

这些风言风语传到汤英耳朵里,她感到再不能把自己的心事埋在肚里了。一天晚上,黄旋风一回到家,见桌上摆好酒和菜,汤英坐在一旁,望着黄旋风喝酒吃菜、摇头晃脑的一副惬意相,禁不住"噗哧"一笑。

黄旋风见她笑,忙放下酒杯,见她脸儿红扑扑的,好像有什么话要说,他的心立刻"扑扑"猛跳起来,忙问:"你笑啥?"

"我笑你这惬意相。"说着,她马上收起笑脸,说,"你听到外面那风言风语了吗?真羞死人了。我、我明天就离开这儿。"

一听这话,黄旋风惊得"呼"地站起来,语无伦次地说:"我、我不、不让你、走……"

"咱就这样不明不白呆着?"

黄旋风并不傻,一听这话,真叫心有灵犀一点通,立即上前,把汤英搂在怀里亲起来,汤英不避不让,闭上双眼,紧紧地依偎在他的怀里……

第二天,黄旋风开了车,和汤英去办了结婚登记,成了正式的合法夫妻了。

古 怪 的 顾 客

黄旋风和汤英结成了夫妻,小两口一个在外开车,一个操持家务,左邻右舍看了全都跷大拇指,谁也无法说闲话了。

有一天黄旋风出车回来,抱着一大捆花布,汤英迎上去说:"哎哟,真好看,你买这么多干什么?"

黄旋风大大咧咧地说:"我也不知道,百货公司处理,我看着便宜就买了。"

汤英把花布蒙在身上,对着镜子看了看,大眼睛忽闪了几下,点点头,什么也没说,就摆好饭菜和黄旋风一起吃晚饭。

吃完饭,黄旋风往沙发上一歪就看起墨西哥的电视剧《卞卡》来了。可汤英却一直没露面,直到电视剧目快完了,她才一阵风似的跑到黄旋风面前。黄旋风一抬头,吓了一跳,原来汤英用他刚才买的花布做了一件连衣裙穿在身上。她那苗条的身材,配上鲜艳的衣裙,看得黄旋风哈剌子都流下来了。

"怎么样?"汤英转了一圈问。

“不赖，没想到你还有这两下子，”黄旋风说，“可惜颜色太鲜了点儿，赶明儿我再给你买块合适的料子。”

“不，不是我穿，”汤英撩着裙边说，“我想做买卖。”

“卖衣服?”黄旋风一听连连摆手，“我黄旋风一个男子汉，用不着你操心。”

“不嘛，”汤英噘着小嘴撒娇地说，“我早想好了，上午搭你的车进城去卖，下午再和你一块儿回来，挣俩钱是小事，省得我一人在家闷得慌，啊……”

汤英这么一闹一撒娇，黄旋风只有点头的份了。

这一夜汤英只睡了半个钟头，黄旋风出车时，她抱着一个小包袱，里边有她连夜做的四条裙子。这会儿正是春末夏初，市场上衣服不少，可连衣裙没几件，所以汤英的货非常走俏，不到半个小时就卖出去了。第二天汤英又做了几条，一到市场，又被姑娘们一抢而光。一连几天都是这样，汤英高兴极了，和黄旋风商定干脆领个执照，就在城里摆个固定的摊点。

汤英设了这自产自销的服装点后，生意兴隆得没话说，但稍微空闲点时候，她心里又犯起了嘀咕。她发觉有个长得挺帅的小伙子，几乎天天到摊点来看服装，看得挺仔细，像在欣赏艺术品，看过服装又盯着汤英直打量，盯得她浑身不自在。

有一天，汤英收了摊，到街口去寻黄旋风。忽然起了风，眼看就要下雨了，正当汤英急得转圈圈时，突然听到背后有人问：“怎么，想回家吗?”汤英扭头一看，又是那个长得挺帅的小伙子，今天他身着猎装，戴着头盔，骑在一辆崭新的摩托车上，活像一位威武的将军。汤英没有开口。

那小伙子递过一张名片，拍了拍摩托车的后座，说：“我是永兴服装公司的，如果你认为可以，我可以送你回家。”

汤英听他说是服装公司的，就接过了名片，听说让她坐车，她马上联想到常常看到大街上男的骑着摩托车，女的搂着男的腰,人家那是搞对象的。他让我上车,搂着他的腰,这算啥?她的脸红了,因此很坚决地摇摇头。

那小伙子还要说什么,这时黄旋风开车到了,汤英马上跳上了汽车,汽车很快地开走了。

黄旋风没有注意到刚才的情景,他用嘴朝车后努了努,说:"看,又给你进了一捆出口转内销的。"汤英没有听见,她正偷偷地看小伙子给她的那张名片,边看边心里说:乖乖,还是个总经理,不过那名字挺有意思,叫古得柏。

第二天汤英刚摆好摊,就有一个人来到摊前。汤英见来了主顾,赶紧上前打招呼,刚张开嘴一下愣住了,原来又是昨天那个古小伙子。汤英心里怦怦跳,看也不看他,只顾低头整理服装,想让他自己知趣,赶快离开。哪知古得柏又像欣赏艺术品一样,一件一件看得挺仔细,他看了服装后,接着又盯着汤英上上下下打量起来。

汤英被看得由羞变气,忍不住冲口而出:"你想干什么?"

"啊,啊,没什么,"古得柏挠着头发吞吞吐吐地说,"我想,我想和你商量一件事儿……"

他这么一说,汤英火了,她马上想到电影里、电视剧里不少年轻人向情人求爱不就是这个样子吗?她一摔手里的东西说:"待会儿我爱人来了,你跟他说去吧!"

古得柏一下脸红了,赶紧解释说:"我们公司的服装最近销售量不大,主要原因是样式陈旧,我看准你心灵手巧,想请你去当技师,工资比市长还高,省得在这儿风吹日晒的了。"

"真的?"汤英转嗔为喜,真是想不到的事儿。

"既然你做不了主,那我待会儿再找你爱人谈吧!"古得柏说罢转身就走。

"回来!"汤英大喊一声,把古得柏吓了一跳,忙站下来,转身望着汤英。汤英吐了吐舌头,然后大大方方地对古得柏说:"甭问他了,这事儿就这么定了。"

讨厌的"老三"

汤英转身一变,成了永兴服装公司的技师。她虽没受过专业培训,可天资聪明,到了公司设备又好,原料又多,真是如鱼得水,大显神通。永兴公司得了汤英,如同捡了个金娃娃,生产上去了,产品畅销了,全公司上上下下见了汤英没一个不竖大拇指的。

黄旋风见汤英这样能干,也打心眼儿里往外透着高兴。每天早晨送汤英上班,傍晚再开车来接。汤英一见他,嘴巴就闭不住,把听到的、见到的新鲜事全告诉他,小嘴"巴巴巴巴"就像开了机关枪。

有一天,黄旋风按时来接汤英,汤英不在,公司的秘书小史笑着对他说:"黄师傅,汤技师现在正跟几个外商谈生意,然后还要参加宴会和舞会,请你晚上九点到宾馆去接她。"黄旋风点点头,开车走了。

到快九点时,黄旋风开车来到宴会厅门口,小史已等在那儿,黄旋风问道:"散了没有?"

小史朝里努努嘴说:"正跳着呢,汤技师让你进去坐坐。怎么样,黄师傅,咱俩也去跳几圈?"说着一伸胳膊来挽黄旋风。

黄旋风吓得往后退了三尺,连声说:"不行,不行,我一跳那玩意儿就崴脚脖子。"

小史笑了笑,就领他进了舞厅,给他找了个座位,又递过几个易拉罐饮料,便去找伴跳舞了。

黄旋风望望舞厅那灯光一个劲儿地忽闪,乐队一个个摇头晃脑地奏着闹哄哄的曲子,不知怎的浑身直起鸡皮疙瘩,怎么也静不下心来,他不停地探头探脑,四处张望,寻找汤英。

忽然他发现全场跳舞的人全停了下来,上百双眼睛全盯住继续在跳的一对男女。这两人身子紧贴着身子,跳得那么轻松自如,简直要飞起来了。乐队仿佛也比刚才卖力气了,黄旋风的目光立即被吸引了过去。

一曲终了,全场掌声四起,那跳舞的一男一女拉着手像演员谢幕似的向众人微微点头微笑。黄旋风这才看清,这对跳舞跳得最出色的人,竟是自己的妻子和古得柏。他冷眼望去,只见自己的妻子穿着华丽的新装,满脸春色,显得年轻漂亮,那个古得柏也是一团英气又不失阳刚之美。黄旋风直看得眼里冒火,额上青筋直跳,不由地嘟囔着:真他妈的像一对儿!

人们众星捧月地围着汤英和古得柏,热烈激动地谈个不休,而黄旋风却被扔在一边,没人理睬。黄旋风心头涌起一股既苦又酸的味儿,他忍受不了,猛地拉开一罐饮料,一仰脖子倒入口中,一甩手把空罐扔在地上,又气呼呼地"扑"一脚把罐踩瘪,转身夺门而出,钻进自己卡车的司机室里,生起闷气来。

不知何时,汤英已进了驾驶室,坐在他的身边,轻声问:"你怎么不进去,一个人孤零零的在这儿?"

黄旋风一声不吭,冷着脸儿,一踩油门,开车走了。

更叫黄旋风气恼的是,今天汤英不像往日那样叽叽喳喳地说个不停,车子刚出县城,她竟靠在他身上睡着了。黄旋风气恼加醋意,趁着天黑车少,猛地一踩油门,车子像飞一样跑起来。跑了一段路,他突然来个猛一刹车,汤英一个趔趄,头"砰"地撞在车窗上,她惊叫一声,睁开双眼,十分纳闷地四下看看。

黄旋风见汤英额头上磕出个紫色的大血泡来,一下心疼了,他把汤英搂在怀里,使劲地亲吻着伤处,心疼地说:"都怨我……"

不过打这以后,黄旋风注意起妻子的行动来了,他发现汤英有两个明显的变化。一个是特别着意打扮化妆,还随身带着一个镶着小镜的盒盒,不时打开照照、抹抹的。还有一个就是话里话外总忘不了捎上古得柏,不是夸他有文化、有头脑、能干手巧,就是说他的趣闻乐事,说得黄旋风直皱眉头。

最让黄旋风心烦的是,每个星期天,古得柏总要开着摩托车来他家,每回都捎来一大堆好吃的东西。而且他每拿出一件,汤英就叫一声好,每品一口,汤英就喊一声香,古得柏开心地笑了起来,笑得前仰后合。黄旋风看了真是气不打一处来,真想举起巴掌把他臭揍一顿。

又是一个星期天,刚吃过午饭,有个村民登门求黄旋风帮他车土豆去县城,黄旋风推却不了,只好同他去了县城。等到黄旋风开车回到家门口一停车,一眼看到古得柏那辆崭新耀眼的摩托车停在门前,顿时一股酸水直冲嗓门。他气呼呼地"啪"锁上车门,跨着大步"噔噔噔"几步走到自家门前,"砰"猛地推开了门。

门一开,只见汤英和古得柏正并肩坐在床上,两人见黄旋风站在门口,虎视眈眈地盯着他俩,吓得一下站了起来。黄旋风见汤英头发有些蓬乱,脸上红扑扑的,而古得柏额头上冒着冷汗,两眼不知往哪儿看好了。

看到这情形,黄旋风火直往上蹿,他板着脸,理也没理他们,走过去猛地拉开冰箱,抓起一瓶饮料,仰起脖子,一饮而尽,然后一甩手"叭"把瓶子摔得粉碎。

他这一摔,吓得汤英和古得柏脸色大变。古得柏连招呼也不敢和黄旋风打,拔脚就走。汤英想送又不敢送,忙提起扫帚把破玻璃扫了,而后赔着笑脸对黄旋风说:"累了吧,我给你做饭去。"

"不用,饱了!"黄旋风没好气地说。

汤英也不再说,动手做起饭来。从进门到吃饭、睡觉,黄旋风板着脸、撅着嘴、皱着眉,一句话也没说。汤英说了几句,见他不吭声,也不再找钉子碰了,吃完饭,洗了脸,悄悄地脱了衣服,躺在黄旋风身边,老实得像只小猫似的,一会儿便发出了轻微的鼾声。

黄旋风望着屋顶，一点儿睡意也没有，心里好似倒海翻江一样，只要一闭眼，古得柏就笑眯眯地出现在他眼前，好像还挑逗似的问他："大哥，汤英爱你吗?"是啊，黄旋风也在问自己:汤英爱我吗? 凭心而论，自从两人成亲后，汤英对自己真是体贴入微，百依百顺。她去搞服装，成了公司的技师，一月收入好几百，地位也变了，可她对自己还是那么一团火，只可惜出了古得柏。他一出现，就有把汤英从自己身边夺走的危险。汤英一见到这个风流的小伙子，就是一脸笑，他一个星期不来，她就急得像掉了魂似的。唉! 好好的小日子，却揳进来这个楔子! 莫非他就是人们说的"老三"? 一想到老三这个第三者的代名词，黄旋风就来火，就大骂那些第三者应该挨刀剐枪崩! 他马上又想到刚才两人吓得那副样子，疑心更大:他俩见自己发脾气，就吓成这样，分明是心里有鬼嘛!

黄旋风越想越烦，越想越躁，翻了个身，听到身边汤英微微的鼾声，叹道:唉，我心里烦，你却睡得这么甜。你到底爱谁呢?

微 笑 的 杀 机

黄旋风翻来覆去想了一夜，最后下定决心要把古得柏从自己的生活中清洗出去。他觉得不好直截了当地提出不让汤英领古得柏来自己家。这办法太蠢了，得想个不漏汤、不跑气的万全之策。他虽不是眉头一皱、计上心来的谋士一类人物，但脑瓜子毕竟好使，很快就制定了作战方案，分两步走:第一，从即日起对汤英百般疼爱，对古得柏格外热情，先迷惑住他们;第二，千方百计、百计千方找古得柏的毛病，特别是生活作风上的，让他在汤英心里臭起来。方案制定之后，他烦躁的心情一下开朗多了。

再说汤英和古得柏，自从那天黄旋风摔瓶子之后，一连好几个星期天古得柏都没敢来。汤英也说不清是什么原因，心里总惦记着他,盼望他来,可又怕见黄旋风那难看的脸色,心里感到闷闷不乐。

有一天,她走进办公室,突然见古得柏一人在淌眼泪,她大吃一惊,赶忙问:"出了啥事啦?"

古得柏摇摇头,长叹一声走了。

汤英感到惊愕、奇怪,自从当了服装公司技师后,她一直处于亢奋欢乐之中,总感到古得柏对工作、对她热得像团火。可现在仔细想想,她也曾几次发现他的脸上出现过阴影,有时呆呆发怔,有时摇头叹息,似乎有什么难言的心事。是啥心事呢?

几个星期后,古得柏再也抑制不住,他不由自主地骑上摩托来找汤英,当他忐忑不安地踏进汤英的家门时,出乎他意料,黄旋风竟笑脸相迎。打这以后,次次如此,亲得胜过兄弟,有时还主动和古得柏喝上两盅。热酒下肚,话也多了,两人有时竟说得十分投机,大有相见恨晚之意。慢慢的,古得柏不仅觉得汤英是他的好朋友,就连黄旋风也成了他的莫逆之交。汤英呢,见他俩成了好朋友,一颗石头落了地,她感激丈夫明理大度,她心中的阴影也一扫而光。

一个星期天,古得柏照例来汤英家,一阵闲扯之后,三人便共进晚餐。不料天突然变了,一时间风雨大作,直到半夜,雨还不见小。古得柏想走走不了,汤英想留他过夜,又怕黄旋风不乐意。这时候,黄旋风望望天色,打开冰箱取出一只烧鸡,又打开一瓶"剑南春",对古得柏说:"兄弟,这是老天留人呀,干脆咱哥俩来个一醉方休,等明儿个天亮雨停了,咱们再一块儿进城,怎么样?"

一听这话,汤英和古得柏好比六月天喝了一碗冰冻酸梅汤,心里舒服多了,当下三人重新入座,对灯畅饮。不知不觉两三个小时过去,三人全喝得晕晕乎乎了,古得柏把自己的提包打开,取出一个精致的小盒子,放在桌上,对汤英说:"这是上回从友谊商店买的金……金戒指,本想过几天给你,为你过……生日,可我等不了了,今儿个给……你吧。"

汤英听了不由得一激灵,生怕黄旋风生气发火,不知所措地看着他。

可黄旋风听了哈哈一笑,说:"汤英,你这人怎么不痛快,既然是得柏兄弟好心给你,不接就是打人家的脸。"

汤英听了,这才伸手去拿。打开一看,惊奇地说:"这是哪国的戒指,怎么戴呀?"

古得柏眯着醉眼看了看,说:"啊,我拿错了。"说着一把抓过盒子丢进提包,又换了一个大小、形状、颜色差不多的新盒子,打开一看,果然是一只金光闪闪的足金戒指。

汤英取出来放在灯前仔细一看,欣喜地戴在手上,问黄旋风和古得柏:"好看吗?"

两人都异口同声地说:"好看,好看极了。"

汤英歪着头欣赏了一会,又伸着手对古得柏说:"喂,刚才那件宝贝是留给谁的? 让我看看。"

古得柏连连摆手道:"别看了,没什么稀罕的。"

谁知他越不让看,汤英越是要看。不知怎么,醉醺醺的古得柏突然趴在桌上"呜呜"地哭了起来。

他这一哭,又勾起汤英心中的疑问,也引起黄旋风的注意,他猜测内中必有原因,便盯着古得柏审视了一会,突然"啪"一拍桌子说:"古老弟,我是真心对你,你可……不够意思。"

古得柏惊得抬起泪眼问:"我、我哪点对不起大哥啦?"

"刚才那玩意儿大不了是个炸弹,看看……有什么?"

"不是……"

"算了,让看也不看了!"

"大哥,您听我说。"古得柏万般无奈,也是酒后少了把门的,便说了那件东西的来历。

原来古得柏老家在离县城百里以外一个小镇上,中学来县中读书,六六年古得柏正好十五岁,参加了红卫兵。有一次,他和同伙抄了一个人的家,又参与狠狠打了那家主人一顿。不料那家主人上吊自杀。临送火葬场时,古得柏见他右手紧握着拳头,一时好奇,乍着胆子去掰,可怎么也掰不开。他见死者双眼不闭,就说:"我知道你死得冤,一定有东西想交给你儿子,你给我吧,我一定转交。"说完又去掰他的手。这回果然掰开了,原来那人手里握着一块直径一公分、高两公分的石头印章,上边雕着一只凤凰,翅膀上有好几块红斑点。这时有人来了,古得柏就赶忙把印章收起来,又从院子的乱物中找出一个盒子把印章装好。后来听说那人的妻子、儿子被轰到乡下去了,不久他也下乡了,直到去年才回城办了永兴服装公司。如今事业发达了,钱也有了,可就是因为印章的事儿骗过死人,这桩心事儿一直未了,每每提起,就胆战心惊。

说到这里,他取出那个盒子,掀开盖说:"你们看,就是这个印章。"汤英见是一块小石头,凤凰刻得倒蛮好看,可这东西值什么钱,有啥可犯愁的,随手递给了黄旋风。

在刚才古得柏讲述往事时,黄旋风禁不住浑身颤抖起来,拳头握得紧紧的,上下牙咬得"格格"直响。现在他接过印章一看,双眼圆睁,差点儿晕了过去。原来这印章不是寻常物件,乃是他黄家传家之宝——鸡血凤凰章。这鸡血石印章不仅价格比黄金高出几倍,更主要的是,此物传到他父亲手中已是第七代了,不想浩劫中人亡物失。今日重睹旧物,怎能不激动万分。而眼前这个古得柏竟就是当年抄家、逼死父亲的仇人之一!

这时,汤英和古得柏都是一副带着醉意似睡非睡地趴在桌上,黄旋风悄悄走进厨房,取出一把明晃晃的菜刀,来到古得柏面前,心中说道:姓古的,不是我容不得你,中国人自古以来最难忍的就是杀父之仇、夺妻之恨,想不到你一人欠下我黄家两笔账,我再不杀你就白披人皮了!说着他双手高举菜刀,猛地往下砍去。就在刀刃快要碰到古得柏的脖子时,他的手猛然收住了。他意识到,这样的报仇方法是愚蠢的,法律也容不得他,还落得个法盲登报、上电视广播,闹得人人都知道这乌七八糟的事,我死也不得安宁,还是先忍着,得想个万全之策。于是,他又悄悄地把菜刀放回了厨房。

第二天,天明雨停。黄旋风头一个醒来,煮了一锅挂面,然后像啥事也没发生似的叫醒汤英和古得柏吃了早餐。古得柏当然不知其中缘故,临出门时,他取出那个装有鸡血石印章的盒子,双手递给黄旋风,言词恳切地说:"大哥,既然你已经知道了这事儿,兄弟也就请你多帮忙了,请大哥替兄弟保存这印章。"

黄旋风双眉一跳,接了过来。

古得柏接着说:"大哥祖祖辈辈在县城,如今又是司机,交际广,我想请大哥帮我寻找印章主人的儿子。"

"姓什么? 叫什么?"

"全不知道。"

"你为什么还要找他?"

"唉……"古得柏长长地叹了一口气,"我欠了人家一笔账,多少年来常常梦中惊醒。不还了这印章,我死难安心,此外我还……"

黄旋风没想到古得柏为此事如此难过,忙问:"还什么?"

"我还准备了一点儿钱,作为补偿。这样我的心才平静些。"古得柏说着又掏出一个存折,上面有五千元钱。

黄旋风说:"你这样做也许对。"

"我只能如此了。存折也放在大哥这儿吧! 日后一起送给那印章主人的儿子,可他在哪儿?"

黄旋风想说"远在天边,近在眼前",但他忍住了,一声不吭地从古得柏手中接过存折。

这一天上午十点多钟,黄旋风进城送货。车子开到霞光道,突然看见古得柏从一家理发厅出来,一看他那身打扮和那新理的头,实在招引人。黄旋风不禁多了个心眼儿:他打扮这么漂亮,上哪儿? 是不是还有相好的,我得跟着看看。如果真有,我把情况摸准了,回去告诉汤英,汤英准得跟他断交。这么一想,黄旋风找个地方停了车,便悄悄地跟在古得柏的身后。

走了大约一百米,只见古得柏进了一家食品店,黄旋风就躲在对面的电线杆后留神观看。过了一会,就见古得柏买了两盒点心,几袋麦乳精,又继续往前走。黄旋风想:这一定是去看人了,就继续盯梢。只见古得柏走到一条叫玉柱巷的小胡同停下,又回过头左右前后看看,然后进了巷子。黄旋风跟到巷子口,偷偷往巷里一瞧,见古得柏在巷子里慢吞吞地走到一个门前,没有敲门,径直进去了。

黄旋风紧跨几步,走到那门前,一看门牌,是玉柱巷十四号。他记下门牌,又走过七八个门号,闪身躲在一棵大树下,目不转睛地盯住十四号的大门。

大约过了二十分钟,古得柏独自一人空着双手走出来,带上门,转身往霞光道方向走去。黄旋风见他出了巷子,才快步来到十四号门前,用手轻轻一推,门开了,他迈步走了进去。

院子不大,长满了荒草。院内只有两间小房,东边一间已破旧不堪,西边一间略微像点样儿。黄旋风走到跟前听了听,没什么动静,就咳了一声,问道:"谁在里边?"没人应声。又问了一句,才听见一个颤巍巍的声音问:"谁呀?"接着一个白发苍苍的老太太扶着墙走了出来。

老太太大概有七十来岁,弯着腰,翻着一双无神的眼睛,让人一眼看出不是失明就是视力极弱。黄旋风眼珠转了几转,回头看看没人,小声说道:"我是派出所的。"

"啊,派出所的。"老太太摇着头说,"我一个孤老婆子,你们来干什么?"

"您认识不认识古得柏这个人?"

老太太一听,脸上马上露出一丝微笑,说:"认识,怎么不认识。他是个大好人哪!"

"您说具体点儿。"

老太太慢慢地坐在门槛上,用赞叹的口气说:"我是个孤老婆子,有一回上街捡菜叶摔了大跟斗,正好碰到古得柏,这好心的小伙子就把我背回家来。打那以后,他就三天两头儿来照看我,刚才还给我送来不少吃的。不信你看,就在屋里。"

黄旋风从老太太身边迈了过去,见刚才古得柏买的东西果然都放在屋里一张破桌子上。他四下看看,屋里不会再有别人,也不会是古得柏私会情人之处,看来冤枉他了。

老太太见黄旋风不说话,就说:"这孩子也是个怪人,有一天,他平白无故地说他欠了人家的账,说不定哪天就让人杀了。真是的,他要是死了,我可怎么办呢!"

听了这话,黄旋风身上像挨了一拳。看看可怜的老太太,他的心在翻腾:她需要古得柏照顾,我要是报了仇,等于害死两个人呀!他就问老太太:"您为什么不去敬老院呀?"

"嗨,"老太太说,"我有两个儿子,可他们一个也不愿来照顾我……""噢!"

黄旋风一言不发地退了出来,他临出门时又回头看了看老太太。

空 前 的 复 仇

从老太太家出来,黄旋风似乎显得有点心事重重,他承认今天的古得柏不同当年,他在默默地做着好事,来洗刷荒唐年代所造的孽。可一想到他对汤英的黏糊,汤英对他的热情,妒火又蹿了上来。这小子居然爱上人家的媳妇,夺妻之恨,奇耻大辱,这个仇一定得报！怎么报呢？

这天夜里，黄旋风一夜没合眼，想出了一个空前绝后的好办法。他仔细安排了系统的行动计划。每一个细节，每一个可能遇到的情况都考虑到了。

他也曾想到小院里那个可怜的老太太，也曾想饶了古得柏，稀里糊涂地过日子算了。可他似乎又听见古得柏笑着对他说："大哥，把汤英让给我吧！这样你一个人痛苦，否则三个人全不幸福。""呸！"他使劲儿啐了一口。

这时，躺在他身边的汤英翻了个身。他想起了往日的恩爱，深情地抚摸着汤英那柔嫩的肩膀，眼眶里禁不住泪水涟涟。可一想到古得柏，心又狠了：他妈的，我保不住，也不让你得到！他带着真挚的爱吻吻汤英，用低得只有自己才能听到的声音说："英，我也是为了你，以后你再重新开始自己的一切吧！不过我和古得柏的仇恨你是永远也不会知道的，普天下除了我谁也不会知道，大家都认为是一次事故……"

第二天，他借口要给汤英过生日，特地约了古得柏，说要接他去自己家。下午三点，黄旋风在约定的时间、地点接古得柏上车。

今天，古得柏显然是经过一番修饰，衣服笔挺，小脸溜光，手里提着一个鼓鼓囊囊的黑色提包。

黄旋风开着车问他："又买什么好东西？"

古得柏随手拉开提包，指着里边一叠一叠的票券说："买的奖券。"

"有奖储蓄？"

"不，是残疾人福利基金会的。"

"听说头奖一万元呢。"

"是。"

"你买了多少张？"

"五百张。"

"想中头奖?"

"不是……"

车子开出县城,两人好一阵没有说话。忽然古得柏发现方向不对,就问:"你这是往哪儿开?"

黄旋风抬了抬左手,说:"时间不早了,我怕汤英在家等着着急,咱们抄个近道儿。"

古得柏吓了一跳,问:"走小鬼脸?"

黄旋风漫不经心地"嗯"了一声。

"留神点!"

"放心吧!"黄旋风一板一眼回答,"一切都不会错的。"说着开足马力朝石鹅山开去,车子飞快,带起一溜黄烟,黄旋风真是名不虚传。

原来,黄旋风的计划就是借接古得柏的机会走小鬼脸,把车子开下悬崖,与古得柏同归于尽。此刻,他双手握住方向盘,心里对自己这辆心爱的车说道:"伙计,好几年了,咱们谁也对得起谁,今儿个咱们就要一道到另一个世界去了,你不会有意见吧?"

不一会,车子开上了石鹅山,顺着带子似的盘山公路逶迤向上,刹那间那熟悉的县城田野都展现在眼前,大地像一幅织锦,美丽迷人。不知怎的黄旋风的眼睛湿了,他瞟了一眼身边的古得柏,见他正拉开提包,取出那一叠一叠的奖券,不解地问:"你干什么?还没摇奖呢。"

古得柏笑了笑说:"摇奖?从买的那一刻起,我就没想去得。大哥,你说这里面至少得有三奖四奖吧?"

黄旋风不假思索地说:"我看说不定有个头奖。"

古得柏点点头没说什么,而是慢慢地把奖券的捆儿拆开,又伸手摇下车门玻璃,一扬手把奖券全部扔了出去。顿时,五百张奖券像五百只蝴蝶,在山谷中翩翩起舞。

古得柏这一举动大出黄旋风的意料,他奇怪地问:"你这是干什么?"

"为残疾人做点儿事,这样我心里就踏实一点儿。大哥,不知为什么我总觉得有人在盯着我,我恐怕活不长了。大哥,万一我出了事儿,你一定要找到那印章主人的儿子,把钱和印章都给他……"古得柏说着竟双手捂住脸儿,"呜呜"哭了起来。

这时,车已开到小鬼脸上,黄旋风的一边是深不见底的悬崖,古得柏一边是高耸入云的石壁。黄旋风双手紧握着方向盘,本能地猛朝外打,车子发疯似的飞驰,一切都不能挽回了,顶多用上两秒钟,黄旋风的复仇计划就完成了,他和自己的仇人都将粉身碎骨,他可以问心无愧地到天国去见他的父母了。可就在这短得不能再短的一刹那,黄旋风的脑海里一下子再现了许多图像:古得柏提着礼品走进玉柱巷十四号,孤苦伶仃的老太太伸着双手接过古得柏的馈赠;汤英和古得柏翩翩起舞;古得柏双手捧着印章和存折向自己倾诉衷肠;汤英和古得柏拉着手向众人微笑;古得柏把五百张奖券抛向山谷……黄旋风的心猛地收缩成一团,他蓦地清醒了,觉得自己干了一件再蠢不过的事。自己心胸狭窄,算不了男子汉,古得柏已经有了悔过之意,为什么不饶恕他? 父亲的惨死不是我们两家的私仇,而是民族悲剧的一个缩影,为什么还要无限度延续下去?

黄旋风觉得车身已在倾斜,左前轮已经悬空。快似疾风闪电,他和他的仇人将各自带着忏悔去见上帝了。这时他觉得两膀添了一股神力,仿佛不是大脑支配,而是一种本能的冲动使他用电流一样的速度打开了古得柏身边的车门,猛力把他推了出去。几乎与此同时,他的车像一头冲决罗网的困兽,"轰隆隆"滚下了小鬼脸……

古得柏被摔得头晕眼花,挣扎着爬到悬崖边,往下一看,只见一缕青烟从山谷底冉冉飘起。他心如刀绞,声嘶力竭地哭喊着:"大哥! 大哥! 黄旋风! 黄旋风! 你……你在哪儿呀……"

（崔　陟）